FLORET
READING

小花阅读

我们只写有爱的故事

小花阅读

梦三生系列 01
《盗尽君心》

盗尽君心
三段缘起,她终究要负一方痴情;
盗尽眼泪
千回百转,她是江北偷心小女贼。

同名文字游戏《盗尽君心》火爆试玩中
多种人物结局可供自由选择
手机扫描二维码立刻开始游戏

盗尽君心

打伞的蘑菇 著

贵州出版集团
贵州人民出版社

图书在版编目（CIP）数据

盗尽君心 / 打伞的蘑菇著. -- 贵阳 : 贵州人民出版社,
2016.5（2020.1重印）
ISBN 978-7-221-13232-1

Ⅰ.①盗… Ⅱ.①打… Ⅲ.①长篇小说-中国-当代
Ⅳ.①I247.5

中国版本图书馆CIP数据核字(2016)第116776号

盗尽君心

打伞的蘑菇　著

出版统筹	陈继光
选题策划	大鱼文化
责任编辑	陈继光　黄蕙心
特约编辑	胡晨艳
流程编辑	黄蕙心
装帧设计	刘　艳　李雅静
封面绘制	墦　索
出版发行	贵州人民出版社（贵阳市观山湖区会展东路SOHO办公区A座邮编：550081）
印　　刷	三河市华东印刷有限公司
开　　本	880×1230毫米 1/32
字　　数	140千
印　　张	9
版　　次	2016年8月第1版
印　　次	2016年8月第1次印刷 2020年1月第2次印刷
书　　号	ISBN 978-7-221-13232-1
定　　价	39.80元

版权所有　盗版必究。举报电话：策划部0851-86828640
本书如有印装问题，请与印刷厂联系调换。联系电话：0731-82755298

盗尽君心

目录

001 · 第一章
他们如此伤心,难道都是因为姐姐要嫁人了?

012 · 第二章
员外府居然会有只这么可爱的猫……

021 · 第三章
司却就是我心里的"上人",我要嫁给谁是我的自由!

030 · 第四章
我们会再见面的,林家二小姐。

051 · 第五章
她若是嫁给了他,到死也只能在他的身边了。

060 · 第六章
似此星辰非昨夜,为谁风露立中宵。

DAOJINJUNXIN

目录

080 · 第七章
你这么赖在将军府上,是不是也对万俟哀有什么非分之想了?

091 · 第八章
你可别忘了,我们俩在山洞里……

105 · 第九章
他的背影融于皎洁的月光之中,却又如月光般寂寥。

111 · 第十章
你堂堂太子,就不能做一些太子该做的事?

119 · 第十一章
我知道你也是皇命难违,所以我从来都不怨你的。

126 · 第十二章
对我来说很重要的东西,全部都弄丢了。
所以我要站在这里,一样一样地找回来。

DAOJINJUNXIN

目录

135 · 第十三章
也许爱，会让一个人变得自私。

143 · 第十四章
那么多人希望她幸福，她也想努力试着变得幸福一点。

153 · 第十五章
浑蛋的事，我会慢慢做给你看。

166 · 第十六章
从此以后分道扬镳，他养他的金丝雀，我当我的将军夫人！

180 · 第十七章
万俟衾，究竟有没有心呢？

192 · 第十八章
我还真应该好好当一次淫贼了，不然多辜负你的心意。

盗君心

目录

203 · 第十九章
你只是一个替身而已,就算如此你也甘愿?

211 · 第二十章
林隐蹊,我要这江山,也要护你周全。

222 · 第二十一章
离开荆楚,离开万俟哀,当这个世界上从来没有过你……

235 · 第二十二章
你若是冷酷,便对这整个天下无情,为什么偏偏要在心里留下这么一小处柔软。

246 · 第二十三章
荆楚临风而立,绝世容颜上一片温柔。那样子,好像是在告别一样……

256 · 终章
"江山在脚下,你在怀里,你说哪个重要。"
"为什么不在心里?"
"因为心在你那里。"

263 · 番外一
268 · 番外二
275 · 番外三

第一章

他们如此伤心，
难道都是因为姐姐要嫁人了？

江北城外春水绿，春风抚岸柳叶青。

碧家茶楼前，街边卖煎饼的小哥刚收了摊，他将沾满油的钱币塞到钱袋，宝贝似的拍了拍，走到茶楼门口，弓起身子往里探，心里想着还好赶上了！

至于赶上什么，自然是碧家茶楼每日一会的说书大会了！

煎饼小哥找了个桌子坐下来，扬声唤来店小二要了一壶柳叶茶。

今日他花这茶钱，可不是单纯来听说书的。

满堂茶客次第落座，皆等着说书先生开嗓。

坐在煎饼小哥旁边的，是一个清瘦的书生，面白如纸，两眼鳏鳏，看样子是昨夜里睡意阑珊。

茶客们渐渐安静起来，台上的说书先生含了口茶，清了清嗓子，得意地抚须:"昨天传来的消息啊,我们镇疆大将军仅用了十天不到的时间便平定了南边战乱,龙颜大悦。"

"这下是要大赏了吧!"茶客们纷纷赞叹插话。

先生故作优雅地点了点头:"我们这位将军啊,虽然不如上一位镇疆将军那样少年成名,可是也算是异军突起一战成名啊!皇上自然宝贝着呢!"

煎饼小哥啜了口茶,眼神不屑,扬声道:"我说啊,你们知道的也不过如此!"

这一嗓子虽然声音不大,却刚好落入了说书人的耳里。说书人胡须一翘,微眯着眼睛望向他:"这位小哥,此话怎讲?"

煎饼小哥将杯里的茶一口气灌进嘴里,他可就等着这一刻了!他语气里自然多了丝莫名其妙的傲气:"我知道你们读书人知道的多,可是书上的总不如我天天站在街头听到的多!"

茶客们纷纷转头望向他。

煎饼小哥一脸得意:"你们可知道皇上赏了将军什么吗?"他故作神秘,一手侧挡在嘴边,故作高深莫测的表情,一个字一个字地强调,"皇上可是要把我们林家大小姐嫁给将军!"

他话音刚落,在座的茶客们便纷纷炸开了锅。

谁不知道江北城林府,虽不是什么高官贵胄,但也担得起名门望族。且不说世代与皇室交好,单单林府的大小姐林若纯,便是江湖上有名的美人,一笑倾人国再笑倾人城,多少文人侠客还未曾见她一笑便已经醉倒在她的石榴裙下……

却没想到,这传说中的美人,如今便要嫁作他人妇了!

旁边白面书生手里的茶还没来得及放下，此刻手抖得洒出来大半，本是无神的眼睛此刻更显得空洞："你……说什么？"

煎饼小哥笑了笑，看，这不，又是一个不自量力的书生。

周围的茶客迅速围了过来：

"什么！林大小姐就要嫁人了？"

"天啊，这将军也太有福气了吧！"

说书先生抚着须叹道："胡说胡说！简直是胡说！"

可此时却已经没有人听他说话了。

煎饼小哥颇为得意地瞥了眼那说书先生，转而学着他的样子晃着头，拉长了语调："将军福气是好，可我们林大小姐福气就差了哟……"

"这话怎么讲？"书生有些迫不及待地问道。

茶客们也兴致渐浓，嚷嚷着要煎饼小哥说下去。

可煎饼小哥此刻却不紧不慢，给自己沏了杯茶，迟迟不开口。

书生叹了口气，从荷袋里掏出几枚钱币放到桌上："先生这茶，就算在我的账上了。"

煎饼小哥闻言眼睛一亮，又喊店小二要了盘花生米。

说起来这些事他也是今天站在街头听到的，那两个人大概是林府的下人吧。江湖就是这样，再严实的秘密，也抵不过闲言碎语。

本来煎饼小哥就是憋不住话的性子，这下吊足了大家胃口，也满足了自己的虚荣心，才开口道："我听说啊，那将军虽然骁勇善战，却是个十足的病秧子哟。早些年间差点战死沙场，虽然活过来了，可是却落下一身病根……正值壮年却未娶妻生子，还有些消息说啊，将军是娶了好几房夫人,府上妻妾成群,却迟迟不出子嗣,怕是……"

煎饼小哥故意卖了个关子,可在座的人也大概知道了他的意思。

"那可就苦了我们林大小姐哟!"不知是谁叹了口气。

众人唏嘘着散去,故事也就这样结束了。

书生依旧坐在那里,紧紧握着茶杯,手上青筋突暴,那样子似乎是要把杯子给捏碎。

煎饼小哥站起来,不屑地瞟了书生一眼,心中腹诽:只是个穷酸书生,还敢妄想林大小姐?做梦去吧!他扔了粒花生到嘴里,刚起身却被谁撞了下肩,又跌回凳子上,不禁瞪圆眼睛破口大骂:"谁啊,没长眼睛吗!"

见周围并没有谁理会,煎饼小哥又无趣地嘟哝了几句,这才察觉到有什么不对,伸手摸了摸自己腰间的钱袋,忽然大叫起来"哎!我的钱袋呢!"

离他最近的书生似乎还沉浸在悲伤里,而周围的人只是冷眼旁观而后各自散开。瓜田李下,大家巴不得离得越远越好,听完了故事,谁还管他呢。

林隐蹊站在茶楼二层东厢房,身着一袭荷色衣裙。她面容俏丽,一双杏仁似的眼睛闪着狡黠的光,她晃着手里的粗布荷袋,看着大厅里的一举一动,得意地扬了扬嘴角:"叫你嘴碎,还拆了我最喜欢听的说书老先生的台。小惩大诫!哼!"

江湖上都知道江北林府林家大小姐如何美若天仙,却鲜有人知

道江府还有个二小姐。也是，林隐蹊既比不上姐姐林若纯的美貌，又不如姐姐知书达理，林老爷林夫人自然不愿意让世人知道，也很少管她。

所以林隐蹊闲来无事便会从林府偷偷溜出来，坐在茶楼里听着说书先生说着江湖上的种种。

今日却恰好碰到这样的事情，她自然是坐不住的。

"隐蹊。"

熟悉的声音从背后传来，惊得林隐蹊一身冷汗。

她慌忙回过头，而后轻抚着心口，似乎被吓得不轻："司却，你怎么来了，我还以为是我爹派人来抓我回去了，可吓死我了……"

司却站在离她不远的地方，简单的黛色衣衫却穿出了一身的器宇不凡，光洁白皙的脸庞透着棱角分明的冷峻，眼里全然一副审视的模样。

林隐蹊看着他落在自己身上的目光，心底有些发毛，藏在身后的手偷偷地将钱袋塞进了袖口。

虽说这个人自小与她一起长大，这一身偷天换日的本领也是跟着他学的，可是毕竟自己一直以来都技不如他，每次练手都在这个小师父面前丢了脸。所以她想，要是这一次能从他眼皮底下溜过，这师父的称号，就要颠倒着来叫了！

司却看着林隐蹊微微转动着的墨玉般的眸子，只觉得想笑。打小开始，她心里盘算的那些小心思还没有能逃过他的眼的！他轻笑了一声，一个旋身就轻而易举地摸走了她特意藏起来的粗布荷包，待她反应过来时，他已神不知鬼不觉又站到了她身后。

司却将东西放在手里掂了掂,看着林隐蹊愣在原地一脸呆滞却又颇不甘心的小模样,忍不住笑道:"林隐蹊,你不是一向自称劫富济贫的吗?今天怎么跟一个卖煎饼的小哥过不去了?"

"谁让他们背后议论我姐姐!"被拆穿了本来就让林隐蹊有些不服气,如今又被提到这事,她更是忍不住小姐脾气爆发,"我姐姐嫁给谁,关他们何事!算起来,还是他们逼我做了这违背仁义道德的事!"

司却看着林隐蹊像一只炸毛的猫,无奈地笑了笑,瞥了眼楼下还在闹事的煎饼小哥,语气里带着安抚:"好了,既然他惹你如此生气,又逼了你做违背原则的事,那就交给我来替你收拾他吧!"

林隐蹊终于有些捋顺了气,看着司却晃着荷袋往楼下走去,忍不住喊道:"你要做什么?"

司却回头:"为了让你依旧是那个深明大义的小盗贼,这东西总得还给他不是?"

林隐蹊站在楼上,看着司却下了楼,身影出现在茶楼的大厅里。

此时的大厅已经不如方才那般热闹,只有寥寥数人被煎饼小哥拉着不放,他一口咬定其中就有盗贼,尤其是一直坐在旁边不发一言的书生是他最怀疑的对象。

小哥破口大骂:"我说你这样穷酸的人,手脚如此不干净还惦记着林大小姐!简直是癞蛤蟆想吃天鹅肉!这辈子也别想!"转而又看向在座的其他人,"你们一个个都假装无辜,听了我的消息不给钱就算了,还摸走了我的钱袋,简直下流!我一定会去官府告你们!"

司却拂了拂衣摆，不缓不急地走过去，拍了拍煎饼小哥的肩，指着凳子脚边的荷袋，语气冷冷的："兄台，你在找的可是这个？"

林隐蹊瞪大眼睛觉得不可思议，这司却……什么时候把荷袋放过去的？！明明她一直盯着他的啊！

前一刻还在理直气壮骂街的煎饼小哥顺着司却指引的方向看了一眼，没说完的话便如鲠在喉。众人看着他齐齐"喊"了一声，眼里全是嫌弃。小哥略为尴尬地捡起荷袋，嘴里叨叨着几句后悻悻地离开了。

看着人渐渐散去，林隐蹊忍住一个轻功直接飞下去的冲动，乖乖地从二楼走下来，走到司却面前，倒真像是使足了大小姐的性子，语气里带着些嗔怒："你这哪里是帮我，明明就是在帮他！"

司却无奈，林隐蹊虽然已经满了十七，可果然还是个小姑娘，明明知道自己露出了破绽，心里却硬撑着不肯承认，倒怪起他没有帮她了。

好在林隐蹊这脾气，他这么多年已然是习惯了，便耐着性子认真解释："他说若纯的那些事，不就是为了博众人眼球吗，如今自己好不容易满足了虚荣心，我这一揭穿，他不仅搬起石头砸了自己的脚，又暴露了狼狈的本性，这样岂不更伤人？"

林隐蹊想了想，司却说的好像也是那么回事，也就没那么生气了，便拉着司却要去买糖葫芦。

茶馆二楼西边的雅间里，厚重的珠帘隔开了里面人的模样，却依旧透过门缝散发出瘆人的冰冷气息。纵然外面来往的人再多，也无人敢往里看。

里面的人微靠着茶座，以手撑额，一席冰蓝长袍，青纹云袖，墨玉般的长发用玉簪盘起，露出俊美优雅的轮廓，周身是如神祇般不可侵犯的尊贵，一双如夜般漆黑的眸子里看不出任何情绪。

站在一旁的素衣男子抱手作揖，道："主子，看来这林家二小姐与那司却关系匪浅。这两人定是可疑。"

男子端起桌上的茶，轻轻晃动着杯身，盯着杯中微烫的茶水，过了好久，才缓缓开口，低沉好听的声音却带着一丝慵懒："那又如何，总归是逃不出我的掌心，多一人不妨少一人。"

添茶的小二低着头走进来，怯怯地换了茶。这公子尽管跟那头厢房的姑娘一样是这碧家茶楼的常客，可两人又都委实怪异。尤其是这公子……直到出去，小二也不敢抬头，只是偷偷地瞥了眼桌上那面看起来就价值不菲的小面具。心中不禁充满疑惑。

茶楼外的大街上人声鼎沸，虽然时辰已经不早，太阳也已经快落山了，可江北城的大街上依旧热闹不减，好些商贩正是趁着这傍晚才出来。路两边的小摊零零散散，摊主吆喝着叫卖着，还有像卖糖葫芦的老大爷这样举着插满糖葫芦的木棍闲走叫卖的小商户。

林隐蹊看着这热闹，一扫先前的不愉快。最近她因为林若纯的婚事被林家二老守得紧，已经很久没出来为非作歹了，如今看着人来人往的街道，像是出了笼子的鸟一样活跃得很，巴不得把街头巷尾好好玩个遍，光是糖葫芦就已经拿了两串了。

司却紧紧跟在后面，好不容易挤过一群人抓住她，饶是矫捷如他，也不得不喘着气提醒道："隐蹊，你还是要多注意为妙，林家大小姐人人皆知，却鲜有人知道还有个二小姐，要是被他们发现整日游荡在街头巷尾的你是林家二小姐，那就麻烦了。"

"我自然知道……"林隐蹊拉长语气，打着敷衍。

如今顾着玩，哪里会听他好好说话，况且，林隐蹊向来觉得自己厉害，隐藏身份这样简单的事情，怎么会轻易被人发现。

她斜着眼看着司却，忽然凝起眉头带着疑惑直勾勾地盯着他。说起来，司却最近却不知道是怎么了，明明小时候总是带她到处胡闹，可如今却总在她兴头正浓的时候耳提面命，甚是啰唆。

难道是我爹给他灌了什么药？她暗暗想着，忽然瞥见从茶馆里出来的白面书生，又想起之前那位煎饼小哥的话，瞬间豁然：难道，都是因为姐姐要嫁人了？

林隐蹊心里说不出是什么滋味，虽然她对这些情情爱爱之事不是很懂，可是她一直觉得，这一生，如能得一人倾心相付，就足矣。

像姐姐这样，虽然喜欢她的人那么多，可是愿意与她倾覆一生白首到老的，怕是没有几个。偏偏如今，还要嫁给一位素不相识的将军。

司却在前面走着，一回头注意到落在后面的林隐蹊怅然若失的表情，她明明前一刻还兴致高昂，这一盏茶的工夫又不知道想什么去了。他停下来看着她，问道："怎么了？有什么惹你不开心了？"

林隐蹊抬起头，看向他的眼睛。她的确不懂什么叫喜欢，可是从说书老先生那儿听来的故事里，喜欢大抵就是不顾一切，所以如果是司却的话，会不会与那些人不一样？

她问得甚是直接粗暴："司却，你老实说，你是不是喜欢我姐姐？"

司却没料到她会忽然问起这个，一时之间有些哭笑不得，却又不知道该怎么回答。

林隐蹊看着他微愣的表情，更加笃定了自己刚刚的想法，紧接着问："如果你喜欢姐姐，愿不愿意不顾一切地带她走？"

司却这下是真的愣住了，他看着林隐蹊认真的眼神，如同三月春水般在心底荡起涟漪，他微微别过脸："隐蹊，我对若纯并无半点非分之想，况且……若纯的婚事是皇上钦点，你也知道……皇命难违……"

司却的表情落在林隐蹊眼里就是不敢面对的意思了，她有些气愤，却又想到打一开始就是自己一个人在胡乱猜测，也怪不得司却。

她尴尬地揉着裙子上的褶结，想着如何给自己找个台阶下，忽然看见一旁挺着肚子的朱员外，想起来这一次溜出来还有重要的事情没做，便一脸兴奋地推了推司却："司却，你先回去吧，我还有些事情！"

司却一时没有跟上林隐蹊的思维，没等他反应过来，林隐蹊已经拨开人群往城外的方向跑去。他顺着林隐蹊刚才的目光看过去，朱员外，难道……

他无奈地看着飞檐走壁的林隐蹊渐渐变成一个点，消失在视线范围内。

纵然她的一身功夫是司却教出来的，可是在轻功这方面，林隐

蹊不仅悟性极高，还借着自己女儿家骨骼轻盈的优势青出于蓝而胜于蓝了。所以司却也不得不承认，在做小偷这方面，林隐蹊比他有天赋得多。

"真是教出一个好徒弟。"司却叹了口气，却还是马不停蹄地追了上去。

第二章

员外府居然会有只这么可爱的猫……

❖

　　早就听说城北朱员外仗着自己财大气粗、位高权重，拖着府上家丁的工钱迟迟不肯给，还不断地压榨他们。这次害得城门口卖桂花糕的张大爷因为在员外府做轿夫的儿子拿不回钱，拖着重病没钱治，差点出了事。

　　还好那一天司却出去办事，顺路给林隐蹊带桂花糕的时候知道了此事，出手帮了他们，才不至于酿成悲剧。

　　从司却那儿听了这些后，林隐蹊立马就按捺不住了，早想着要教训朱员外来着。好不容易逮着机会，这一次，她就是受张大爷之托，用她的方式取回不属于那个大肚子员外的东西。

　　林隐蹊赶到的时候，天已经全黑。三月十五的月亮又大又圆，

照在她瓷白的脸颊上，闪着隐隐的光。

风吹动着林子，枝条上几片早春的嫩叶微微晃动着干涩的声音。

她从西边的林子飞上屋顶，像一只猫一样蛰伏在树影里，眼睛里倒映着月华，静静地盯着员外府的动静。

听张大爷的儿子说，朱员外不仅在城里有府邸，更是买下了这城外的一块地，建起了一套宅子，极尽奢靡，附庸风雅。

林隐蹊缓慢地移动着身子，准备去另一面探测一下情况，却瞧见大门外忽然来了两顶轿子，而朱员外挺着大肚子从前面的轿子里下来，弓腰一脸狗腿样地跑前跑后。

林隐蹊心里一惊，又寻了棵大树藏了起来。

头顶的云悠悠飘过，遮住了月亮的轮廓。林隐蹊看着后面的轿子缓缓停下来，朱员外毕恭毕敬地候在一边。有一人从轿子上下来，看不清模样，周身却散发着一种生人勿近的危险气息。

林隐蹊往外探着身子，想看清那人的脸，可隔得太远，除了脸上轮廓的阴影再无其他。她轻移步子在房檐上一路跟着他们，一心只顾紧跟那人，不小心攀动了檐上的砖瓦。细碎的声音说大不大，却引得正走着的那人忽然驻足，惊得林隐蹊一身冷汗，她蓦地咬着牙紧闭眼睛，再不敢妄动。

风动云过，皎白的月光又重新洒下来。林隐蹊怯怯地睁开眼，没来得及看清，那人已经侧过脸去，只留下嘴角若有似无的一抹笑，和淡淡的好似划过心头的一丝光。

林隐蹊有些愣了，难道，他刚刚是看过来了吗？那么，他是看见自己了？可既然这样的话……

林隐蹊想得入神，并没有注意到已经随后赶来的司却。

"隐蹊！"司却喊了好几声，她才惊醒般回过神："你怎么来了？"

司却皱着眉头："这么晚跑过来偷人家东西还心不在焉，我若是不来，你还不得被抓个现行。"

林隐蹊的语气软了下来，知道自己是疏忽了，想着解释什么："我只是……"

可一想起那个人和那若有似无的笑，她就不禁一阵心悸，背后的冷汗还涔涔地冒着。

司却见林隐蹊恍惚的表情，眉眼忽然凌厉起来，却也只能叹着气。

林隐蹊想着必定瞒不住他，只好硬着头皮吞吞吐吐地解释道："也没什么事，就是看……朱员外刚刚回来的时候……还带着位公子……看起来，有些不一般……"

司却看着林隐蹊怯怯的模样，心里不禁一沉，却也只能打趣道："这样就把你吓到了？"

林隐蹊瞪了他一眼，却没再说话。

司却接着说："若真是有什么蹊跷，我去看看吧。"

"那我呢？"林隐蹊惊问。

"不是想一个人做你自己想做的事情吗？"司却站起身来，颀长的身影刚好掩在树影里，倒真像与这黑夜融为一体了。

他环视着朱府的构造，其实还是不放心林隐蹊一个人。

林隐蹊来了兴致，司却这样子肯定不会放她一个人的，有他帮

忙一定事半功倍，于是她万分期待地看着他："怎么样了？"

"家丁们巡视的时刻都看好了？"

"嗯，刚刚看了一圈！

"朱家无子，东西厢房都是空置的。东厢房虽然上了锁但是门锁锁眼处有摩擦的亮光。这说明了什么？"司却看向林隐蹊。

林隐蹊向来惧怕这个时候的司却，表情严肃完全不像平时那个让人如沐春风的人。她想了想，语气迟缓却格外慎重："那两间房子虽然常年不用，但还是经常有人出入的……"

司却没有接林隐蹊的话，足尖轻点往另一边飞过去。

应该算是默认了吧！林隐蹊松了口气。

她飞身跟着司却过去，司却轻轻掀开屋顶的瓦，用眼神示意她看。

林隐蹊透过空缺看着，司却接着说道："房子内部摆设简陋，并不像堆放杂物之处，可是目光所及之处却都是厚重的灰尘，大概也是从来都无人打扫。"

林隐蹊有些奇怪："既然经常有人出入，却又无人打扫……"

司却又带着林隐蹊去了西边的屋顶，表情依旧严肃："你再看西厢房，同样是无人居住，与东厢房比起来，却显然要被重视得多：门锁很新，而且质量上乘，就算是你也不一定能打开，门口还有家丁轮换值班……"

"难道是藏了什么东西？"林隐蹊急急地打断了司却。

司却笑："这么大费周章要守护的除了自己的财产还能有什么呢？"

司却没有再往下说，林隐蹊想了想，忽然有些得意："这么明显的声东击西，钱肯定藏在东厢房了！西厢房只是故意给小偷错觉罢了。"

她看了眼司却，见他表情无异，更加笃定了自己的想法，眼里闪着狡黠的光："接下来就交给我！你快去干你自己的事情好了！"

司却看着林隐蹊娇小的身子潜入了朱府，想起她方才说起的那人，眼神忽然变得凌厉起来，随即朝着与她错开的方向，往着朱府正中的会客厅里去了。

进了朱府，林隐蹊开始警惕起来，她紧贴着东厢房的墙边，待到家丁们路过了才探出身来，缩手缩脚地移到房门口，专心致志地研究着门上的小锁。

还好只是普通的门锁而已，她从袖口掏出随身带着的银针，针头处微微弯曲，是经过司却特殊处理的，稍微掌握了技巧便可以打开普通的锁，她将针头缓缓伸进锁眼。

"咔嚓"一声。

"开了！"

说起来这还是林隐蹊头一次单独行动，大概司却先前已经查看过，才会如此放心地让她一个人来，她也没料到会如此顺利。

林隐蹊兴奋难耐地打开门，还没来得及松口气，屋子转角处忽然传来一声动静，未见其人，月光照着的黑影便已经投出来。

林隐蹊心下一惊，眼下只有躲进这间房子了。

她迅速打开门，闪身进去，轻手轻脚将门关上，眼前一片漆黑，

恰好能让自己藏一藏。她屏住呼吸，靠在门上，努力听着外面的声响。

虽然不是什么好法子，可对于尚只知纸上谈兵的林隐蹊来说，当下能有这样的反应已经是很不错的了。

脚步声越来越近，然后停在了门口几步远的地方，林隐蹊的心也跟着提到了嗓子眼。

她紧紧按着门闩，想着无数种门被推开后自己能做出的反应……最坏也不过抱头鼠窜吧，或者被抓到官府，然后……

林隐蹊咬了咬牙，竟有种欲哭无泪的感觉。

这时候另一个匆忙的脚步声响起，随即是朱员外的声音："哎哟，我说您怎么出去半天不回来，却是跑到这里来了。"

能让朱员外这么恭维，难道外面的就是刚刚看她的那个男人？

林隐蹊觉得自己此刻已经无法思考了，无比害怕又不知道如何是好，偏偏自己刚刚又在司却面前夸下海口将他赶走了，当然现在也没办法向他求救。

她听着黑影似乎在渐渐靠近，狠狠地咬着唇，揪着衣摆，努力压着自己在这寂静里因为紧张害怕而显得格外突兀的心跳声。

可那道身影却在门口停住了，随即低沉的声音响起，如同古寺的钟鸣般甚是好听："只是看员外府……居然会有只这么可爱的猫……"

林隐蹊紧抿着唇，她此刻不敢有丝毫懈怠：猫？难道……

"喵"的一声，打破了夜的寂静。

难道还真有只猫？林隐蹊依旧一动也不敢动。

外面的黑影蹲了下去，似是抱起了门口的猫。朱员外恭维的声音又响起来:"看您这么喜欢,这猫就送给太子好了!"

"哦?"那个好听的声音惊了片刻,又缓缓说起话来,声音带着一丝慵懒,"赶紧回去吧,小猫都吓着了。"

"是是是……"

林隐蹊转过身趴在门上,透过缝隙看着渐渐走远的两道身影,长长地松了口气——差点被那只猫给害死了。

不过,它也算救了自己一次不是吗?林隐蹊甩了甩头,记起来自己还是有正事要做。

她从布袋里掏出火种,微光亮起,屋里的陈设一目了然——房间不算大,除了空置布满灰尘的书架,就是几个陈旧的米箱堆在角落里。

林隐蹊走过去敲了敲箱子,听见里面传来沉闷声音,她嘴角露出得意的笑,这朱员外还真是没脑子,她还以为最起码跟司却的房间一样还有一个机关暗格什么的,没想到就这么随便堆放在这里了。

她点了桌子上的油灯,现下也没什么需要躲躲藏藏的,跳起来将房橼上的帘子扯下来铺在地上,费了好大的力气才把箱子打开。果然,金银珠宝差点闪瞎眼!

林隐蹊挑了些简单的首饰银两,用布帘兜起来。

她也不是什么不明事理之人,只拿走该拿走的就可以了。况且,多了的张大爷也不会要。她抓起袋子,刚抬脚准备走的时候却又灵机一动,恰好身上还带着从司却那里顺来的特制锁,她费了好大的力气也找不到打开的方式,如今……

林隐蹊走出来,关门,落锁的声音实在是太清脆好听了。

林隐蹊背着包袱飞上屋顶，司却早已在约定的地方等着她了。

　　司却看着情绪明显有些差异的林隐蹊走出来，果然没有预想的兴奋。

　　其实林隐蹊方才差点被发现的时候，他也看见了。可是他总有预感，那个男人并不会揭穿她，也正是因为那个男人，朱员外才没有起疑心。否则，一旦林隐蹊露了脸，照朱员外的性子，不闹得林府声名狼藉一定不会善罢甘休。

　　可那个人为什么要帮隐蹊？他刚刚一路跟过去，也没有发现什么异常，不过，还是小心为妙。

　　他从林隐蹊手里接过包袱，假装不知情地问道："怎么这么久？被发现了？"

　　"没有！"林隐蹊耸着肩，也不知道自己为什么其实并不开心，大概是吓到了，又或者，她觉得其实一直以来都高估了自己，总以为自己很了不起，可现在才知道，碰到了问题还是什么都解决不了，自己还是只会惹麻烦而已。

　　她耷拉着头："就是碰见了一只猫……"

　　司却强忍着笑意："你这是被一只猫吓到了？"

　　"才没有！"林隐蹊嘟哝着，又怕被司却看穿，兀自往前面走着，忽然又回过头，"这些钱你就替我拿去给张大爷好了。"

　　没等司却回答，林隐蹊便闪身消失在了夜色之中。

　　员外府的屋顶上终于静了下来，偶有风吹过，一只猫弓着身子沿着屋檐走动，弄出阵阵细碎的声响。

　　朱员外领着贵客出门，毕恭毕敬不敢有一点造次："太子慢走，若是得空不嫌弃的话还请多来我这小地方。"

　　被唤作太子的男人嘴角扬起一抹笑，眼底如同深潭，眯起眸子看向无边的黑夜："那要看，你是不是能找到那只猫了……"

　　朱员外有些莫名其妙，忽然想起太子刚刚捉住的那只猫，因为差点挠了他的手，转身就被他差人赶走了。

　　当时也没见他说什么，以为只是一只野猫而已，可这会儿是又记起来了？朱员外也是浑身冷汗。

第三章

司却就是我心里的"上人",
我要嫁给谁是我的自由!

回到林府,夜已深沉。

林隐蹊踮着脚偷偷摸摸地从偏房进去,生怕弄出一丁点响动,以往飞檐走壁的功夫此刻完全派不上用场,

"去哪儿了?"一道清丽严厉的声音从背后响起,林隐蹊瞬间僵直了身子。还是被发现了!不过幸好爹去了宫里不在家,要不又是一次禁足了。

林隐蹊心里腾起一丝侥幸,咬着唇转过身,怯怯地喊了声:"娘。"

站在林隐蹊身后的林夫人皱着眉头,她身穿绛紫瑢裙,头发用珊瑚簪绾成髻,虽然已是三十几岁的年纪,却依旧能看得出来当年不俗的美貌。

林隐蹊自知理亏,低着头不敢直视林夫人的眼睛,乖乖等着一顿大骂。

"你还知道回来!若纯马上就要嫁到将军府了,府上忙得不可开交,你倒好,终日一副事不关己的样子!"

林隐蹊有些不服气,明明今天还为姐姐出头了,怎么说事不关己!但是她却也不敢造次,嘟哝着:"又不是我嫁人……"

"别以为我不知道!你终日与司却混在一起!"林夫人听了怒气更盛,"司却他再好,终究是我们府上一个下人的儿子,你将来定不能嫁得比若纯差!"

林隐蹊有些不可思议地望着林夫人——

司却虽然是林府厨娘的儿子,可是自小和林家姐妹一起长大。在林隐蹊看来,她单调乏味的童年里,司却不仅是青梅竹马,更像是哥哥一样教了她喜欢的东西,他耐心地陪着她,守着她。

所以她从来都没有将司却当下人看过,也不许司却唤她二小姐。对她来说,司却一直以来就是自己兄长一般的存在。

娘以前也从不会拿这件事说事的,谁都知道林府待人极好,对府上家仆从没有分三六九等……可如今却不知道为何说了这样的话!

林隐蹊实在没忍住,语气里带着倔强反驳道:"在我看来从来就没有什么上下人等之分,司却就是我心里的'上人',况且我要嫁给谁是我的自由!若是像逼姐姐一样逼我嫁给谁,我定不会认同!"

林夫人被林隐蹊气得不轻,身旁的侍女赶紧上前替她抚着心口

解气。

　　林隐蹊忽然有些后悔，说完的话像刀子一样梗在喉咙。她担忧地看着娘，娘身体本来就不好，这样一气怕是又要躺上好几天了。

　　林隐蹊泄了气，刚想着上前扶住娘道个歉，林夫人却一甩衣袖，似乎并不想听她多说，走之前还愤愤地瞪着她，语气有些急喘："若是被你父亲听到！你定是逃不过责罚！"

　　她看着娘离开的背影，深深地叹了口气：罢了，娘那个性子，明天就会好了……便也转身往回走去。

　　司却站在屋外，冰凉的月光如水般洒在他的肩头。

　　林隐蹊刚刚的话一字不落地落在他的耳里，他低头轻笑一声，尽管他从来都知道，那个小姑娘一直都把自己当哥哥、当师父。

　　可是，在这冰凉的夜里，那声音却格外温暖。

　　林若纯站在司却的身后，穿着淡粉色锦月牙裙，乌黑如墨的长发散在肩头，玉钗松松簪起，眉不描而黛，肤无粉如脂，的确如江湖上所说，美得倾国倾城。

　　她淡淡开口，声音如弦，唤了声司却。

　　司却回过头，瞬间掩去眉眼间的柔情，语气轻柔恭敬："大小姐，更深露重，你怎么出来了？"

　　林若纯低下头，一阵心酸却涌上心头。她抿唇笑道："睡不着，便出来走走了……"

　　"嗯。"司却应了一声，却不知道再说些什么，他错开目光，

"那，早点回去歇息……"

　　林若纯眉眼淡然，轻轻应了一声，目光落在司却离开的背影上，一刻也不曾移开。

　　夜风带着早春的凉意掠过脸颊，青丝纷杂着飘在风里，林若纯苦笑了一声，眼里闪着盈盈的光。

　　司却，你始终都不肯回头，好好看我。

　　林隐蹊路过厨房，里面还亮着隐隐的光，阵阵香味随着柴火噼里啪啦的声音飘出来。

　　她摸了摸自己的肚子，转动着眼珠：总不能跟自己的肚子过不去不是？

　　"司婶！"林隐蹊兴冲冲地跑进去。不用看也知道，这个点还在厨房的，除了司却的娘亲绝不会有他人。

　　司婶微佝偻着腰站起，笑着迎上来，上了年纪的妇人脸上有深深浅浅的细纹，可笑着的脸却让人无比温暖。

　　"二小姐你回来了。"

　　林隐蹊点头应了，看清了司婶手里端着的盘子，分外欣喜："司婶，你又做了羊角酥？"

　　司婶笑："我没什么别的本事，也只有这个做得还不错，恰好又对了你和大小姐的口味，就想着多做些了。"

　　林隐蹊捏起盘子里刚出锅的一只羊角酥，松软清甜的味道在舌尖化开，她鼓着嘴口齿不清道："可今天怎么这么晚了还在做？"

　　司婶有些尴尬地笑了笑："大小姐要出嫁了，以后怕是吃不

到了，就想着多做些给她带在路上。去了那里，总归还有个家的味道。"

林隐蹊抿着唇点点头。

司婶一向待她们好，如今这番话更是说到了林隐蹊心里，她吃完了嘴里的东西，低着头嘟哝着："那我要是嫁出去了，岂不是也吃不到了……"

司婶笑着将剩下的羊角酥用盒子装好："那二小姐不如跟着我学好了，这样就不怕吃不到了。"

"真的吗？"林隐蹊立刻来了兴致。

"很简单的，二小姐这么聪明，一定一学就会。"

林府的厨房很少这么热闹过，司婶一直手把手地教着，林隐蹊学得认真，浪费得也多。好不容易端出来一份像样的，却又赶不上司婶做的味道。

明明都是一样的啊！林隐蹊有些泄气。

司婶在一旁笑着安抚："好了，现在也不早了，二小姐早点回去歇着，我们明天再学。"

林隐蹊看着这一片狼藉的厨房，撸起袖子想帮着收拾，却被司婶拦住。司婶将装好的两盒羊角酥递给她："这里还是我来吧，你啊，只会越帮越忙，就替我把这个送去给司却吧。"

林隐蹊不好意思地擦了擦手，接过羊角酥问道："司却？"

司婶点头："听说他明天要出趟远门，这个给他带上。其余的就留给大小姐……"

林隐蹊从厨房出来，不禁有些疑惑，司却这是要去哪里呢？

她拎着羊角酥往司却那里走去。

司却的房间在林府最深处的院里，司却说这里僻静，可是只有林隐蹊知道，他作为一个飞贼，只是想专心致志研究那些密道机关之类的，所以特意找了个这么人迹罕至的地方。其实也不是没有人来，而是，人根本来不了。

可对于从小缠着他的林隐蹊来说，想进去，就是件轻而易举的事了。

林隐蹊远远看着司却房里亮着光，转了转眼珠："还是先偷偷看一下好了。"

她将羊角酥放在花坛边，飞身到司却的屋顶，轻轻撬开一片瓦，透过缝隙看着里面的一举一动。

果然，司却正鬼鬼祟祟地将一封帛书藏在书架的暗格里。

"看来真的如我所想！"林隐蹊看司却收拾了些东西，便灭了灯歇下了。

她随即也回了房，躺在床上辗转反侧。其实她一直都知道司却背着她做一些她不知道的事，可如今真的看到了，她却有些不甘心。

人总是这样，做了一件事就想着要做更好，至少，对林隐蹊来说是这样，她不想什么都依靠着司却或是爹娘。

既然如此，便更想着能做出什么事情，至少能得到肯定。

所以，这一次，正是让司却对她刮目相看的好机会，也是一洗员外府之耻的好机会！

次日，林隐蹊醒了就径直去了后花园。

司却一向有早起在后花园里练功的习惯，时不时还会拉上林隐蹊，以前觉得这人莫名其妙，可如今这正好顺了她的意。

清晨的第一道光照在司却身上，他如同沉睡的鸟一样盘着腿端坐在凉亭旁大榕树的树枝上，屏气凝神，气运丹田，血通六路。

自从觉得自己轻功不如林隐蹊后，司却便开始下了苦劲，不是怕她取笑，只是希望，不管是什么时候，他总是能保护她。所以，他不允许自己任何一方面有一点点不好。

亭子里忽然传来一阵窸窣的声音——

"谁！"司却一惊，猛地睁开眼从树枝上飞了下来，行云流水的动作竟然连小憩的鸟都没有惊动。

来人被吓了一跳，踉跄着往后退了几步。

司却急忙拉住她，手轻扶着她的腰，看清楚来人后，却有些讶然，待她站稳后连忙放开手："大小姐？"

林若纯微抿着唇，脸上腾起不自然的红晕。

司却别过脸："大小姐这么早怎么来这里了？"

林若纯觉得心头又染上了酸意，开口才发觉自己声音里的喑哑："司却……我马上就要嫁给一个不认识的人了。"

司却看着她，却默然无语。

"我以为我会就这样过了，可昨晚想了一晚上，才发觉，我始终都不甘心。"林若纯眼里忽然凝起了水汽，声音变得哽咽，"司却，我……"

"大小姐，"司却看着她，眼里不忍，却还是打断了她的话，

"你会嫁得很好……"

林若纯苦笑，这个人……她喜欢了这么多年的人，如今站在自己面前，祝福着她嫁给别人……可是她又能怎么办呢！纵然她赢得那么多的倾慕，可是喜欢上他的那一刻，她就已经输了全部。

林若纯忽然笑了起来，硬生生逼回了已到眼角的泪，她近乎执拗地盯着司却，声音决绝："司却，我一定不会嫁给他的……"

无路又如何，这一次，我绝对不会顺从了。

司却心事重重地回到住处，林若纯看他的眼神在脑海里久久盘旋，然后瞬间又变成林隐蹊那双晶亮狡黠的眼睛。

他叹了口气，人生在世难得双全。他司却也不是什么圣人，只想守护好自己想守护的。至于其他，他还尚有自知之明，毕竟无论如何，也洗不去自己这个下人的身份不是吗？

他推开门，稍环视一眼，敏锐的直觉让他瞬间发现房里的东西被人动过！他的心头掠过一阵寒意，难道是……

他快步走上前打开书架上的暗格——果然，帛书不见了！

司却皱起眉头，眼神冷凝，能从他这里偷走东西的，除了他一手带出来的陈墨那些人，便只有林隐蹊了。

他慌忙跑出去，用飞鸽立刻给陈墨传了封信，他担心若是再稍晚一点林隐蹊不知道又要闹出什么乱子。他绕去后门牵了匹马，路过林府大门的时候，却看见司婶正慌忙地迎了几位郎中进去，眉眼间一片焦灼。

司却想了想，拉了马拴停下来，从马上一跃而下，朝着司婶喊

道:"娘!"

　　司婶回过身,小跑着上来一把拉住他,语气急切:"快跟我走!"

　　司却有些没弄明白:"娘,这是怎么一回事?"

　　"快!大小姐不知怎么忽然病倒了,咯了一早的血,你快随我过来!"

　　司却突然愣住了:"怎么会这样?"

第四章

我们会再见面的，
林家二小姐。

　　江北城以北百余里的平马镇，虽不及南边的江北城繁华，也抵不过北边的明安城风景秀丽，可正是因为位于两城交会之处，且四通八达，倒也形成了天然的驿站，过路的人来来往往，算得上是外客云集。

　　而这条栈道上最得名的便是积聚着各地赶往明安城的名人名流的来福客栈了。

　　传说当年皇上过此道，便是在此落脚，邂逅了当今太子的亲生母亲容妃娘娘，所以江湖上盛传"过此地，安于斯，便可邂逅此生姻缘"，可谓是月老庙一样的存在。

　　林隐蹊站在客栈门口，抬头看着大门上挂着的镶金牌匾，江湖上只知道皇帝在此邂逅了容妃，却不知道容妃最终还是惨死后

宫……有什么用呢？

她清了清嗓子，迈开步子走进去。

站在门口候着客的店小二一看这位小公子锦衣玉锻、器宇不凡，立马甩着桌布迎上来："哎，这位客官，请问您是要打尖呢，还是住店呢？"

林隐蹊瞥了他一眼，心里轻斥了一声"狗腿"，径直掏出一锭银子放在桌子上："给我开间上房。"

随即，她自顾自地朝着二楼客房走去。

店小二看见桌子上的银子眼睛都直了，拿起来用牙咬了咬，赶紧塞裤腰带里立马跟了上去。

小二甩着抹布弓着身子带着林隐蹊来到了一间房门口："客官，这可是我们这里次好的客房了，天字二号！本来还有更好的天字一号，可您来得有点晚，我们最好的客房已经被一位公子订下来了。"

公子？林隐蹊盯着他。

想起今天早上好不容易从司却那里偷来的帛书，上面几个烫金大字："明日午时，城外来福客栈，随从一名，侍卫两名，令牌未离身，见机行事。"

难不成，就是帛书上说的那人？

掌柜的跟着跑上来，看着这位面容清秀皱着眉头若有所思的"公子"，一巴掌拍到店小二的头上，从他裤腰带掏出林隐蹊刚给的银子。

"会不会说话啊你！得罪了我们大金主你干一辈子也赔不起！"

店小二一脸不明所以地揉着头，看着掌柜的忽然像换了张脸似的朝林隐蹊笑道:"客官你别听他乱讲!这就是我们这里最好的客房了!绝对对得起您这个价!"

林隐蹊回过神来,也没留意他们在嘀咕什么,只是在瞥见店小二腰间挂着的钥匙时,眼睛忽然亮了起来。

她笑得一脸伪善,忽然拉过店小二,靠得极近,语气却带着丝凉意:"好了,这房我就先住下了,有需要再找你,你先下去吧。"

掌柜的瞪着眼睛看着与他们家小二靠在一起的小公子,心里一阵发麻,收起难以置信的表情一把拉过一脸呆滞的小二,皱着脸笑道:"好嘞好嘞,客官你有什么吩咐再叫我们啊!"忽然又转头补充道,"你要是有特殊需要单独想叫小二也是可以的!"

林隐蹊点了点头,看着掌柜的像拎小鸡一样拎着店小二下了楼,并没有在意他说了些什么,只是得意地晃着手里亮晶晶的铜质钥匙,意味深长地看着隔壁客房紧锁的门。

她前后看了眼空无一人的走廊……

一阵风穿堂而过,转眼,林隐蹊已经打开了隔壁的房门,置身于这店小二口中最好的客房之中。

她靠在内侧的门上,入眼一片金碧辉煌。

林隐蹊忍不住咂舌:"哪家的贵公子,这是得了什么皇帝病,才要住得跟个皇上一样。"

她环视着偌大的房间,内屋外屋转了个遍。果然,从里到外连床单都没有放过——全是黄色的。

这样的地方,华丽是华丽,却华丽得毫无特色,住在这里的人大概也是如此。她还想着是什么有趣的人可以好好玩一场呢,想必

又是一个大肚子朱员外。

　　林隐蹊觉得无趣，既然并不是什么厉害的人，那也不需要自己花这些功夫了，到时候随便对付着就可以了。

　　她从卧房走出来，准备出去的时候，却被桌子上的一个面具吸引了。那面具白玉流石，通体如雪，纹理古朴流蕴，一看就是价值不菲的上上品，只是，规格好像有点小了。

　　林隐蹊盯着那面具，手痒痒的，贼意又涌上心头。

　　好不容易进来一趟，像林隐蹊这样的梁上之人既然来了自然也没有空手而归一说；况且这人既是司却要对付的人，一定就不是什么好人，拿了这东西还算便宜他了。

　　林隐蹊这么想着，便将面具别在腰间，走出房间，轻轻关上了门，重新将锁锁上。

　　一切就好像没有发生过一样。

　　天色还早，林隐蹊在房间里待不住，又等不到隔壁房的动静，只好起来收拾了下准备下了楼去转转。

　　平马镇上只有这一条街，两头连着两个大城，过路的人也格外多，所以人群熙攘的街道上大多也不是本地人。

　　林隐蹊站在卖糖葫芦的摊前要了串糖葫芦，随即又飞到一家酒楼的楼顶，晃着脚丫子看街上形形色色的人，好不惬意的样子。这就是她喜欢的江湖吧，多自由。

　　兴许是做贼的对贼也格外敏感，林隐蹊一眼就从拥挤的人群里看到一个神情猥琐的人，跟在一位蓝衣公子身后。

果然如她所料,那人偷偷将手伸向公子的腰间,一把扯下那公子腰间的锦袋,转身就往人多的地方挤过去。

林隐蹊本来也不想管的,毕竟那位公子看起来也不像差这个钱的人。只是,她看着那蓝衣公子的背影,身形颀长器宇不凡,就算看不见面容,也总觉得那公子好像在哪里见过。

况且,她见过的人,能让她记住的还真的不多。所以,还是帮帮他好了,举手之劳而已。

她看着那小贼一路跑到一个路口转弯的时候,便从屋顶直接跳了下来,双手环胸靠在拐角处的墙上,好整以暇地等着他。

果然,那小贼转个弯跑进来,看见有人吓了一跳,却气势不减表情狰狞地瞪了她一眼,继续往前跑去。

林隐蹊窃笑着,那个傻子可能还不知道,他捏在手里的东西,已经在擦身而过的瞬间落在了她的手里。

林隐蹊晃着手里的布袋子嘟哝:"这样明显的偷鸡摸狗那公子也察觉不到,也真是愚钝……不过,这里面好像……"林隐蹊想了想,打开袋子。果然,里面并没有什么钱财,只是一袋香料而已,"那小贼果然是个傻子,难道没有察觉这根本没重量吗?"

"当贼还是要靠智商啊!"林隐蹊叹道。

她又看了眼手里的锦袋,心里想着自己一定是认错人了,那公子看起来正正经经的,没想到身上装着女儿家的东西,不是有什么怪癖就是跟她一样女扮男装了。林隐蹊摇着头,自己可不认识这样的怪人。

她一边感叹着又做了一件空头生意,一边甩着手里的袋子,无

趣地往巷子外走去。可一转弯，却看见刚刚那位公子正神情慵懒地靠在这旁边的一面墙上。

她定定地看着眼前的人，落日的余晖洒在他俊美如雕刻般的轮廓上，削薄轻抿的唇扬起一丝若有似无的笑。他侧头看过来，一双狭长的桃花眼，瞳孔里的黑仿佛要把人吸进去似的。

林隐蹊怔怔地看着他，这大概是她见过的最好看的人了。司却也很好看，可是将说书先生讲的那些故事里风流倜傥玉树临风的公子，想成司却总觉得有些怪怪的，如今看见这人，好像是所有的幻想都有了确切落点。

"幸会！"他的声音如风过松林。

林隐蹊心里一惊，手中的锦袋落在了地上，就这样莫名其妙地红了脸。她看了眼地上的东西，慌乱地捡起来，慌得话都不知道该怎么说了。

"这是我刚刚、这是刚刚你被偷走的东西，我……把它偷……拿回来了，正准备还给你来着……"

那人有些好笑地看着她，眼里闪着促狭的光："我想你是不是弄错了，这可并不是我的东西……"

林隐蹊疑惑地看着他："可是我明明看见他从你身上摸下来的啊！"

他轻笑一声，忽然靠近，语气戏谑："难道，你一直看着我？"

在林隐蹊自以为飞扬跋扈的这么多年来，因为被父亲和司却保护得很好，所以从来只有她调戏别人的份，这还是头一次，被调戏得不知道如何开口。

她愣愣地听着那陌生好听的声音在耳边越发清晰："你倒是费了心思接近我。"

温热的气息喷洒在她耳根处，染红了林隐蹊如珠玉般白皙的耳根，她有些怔住了，待整片脸都红起来，才嗔怒地推开他，粗着声音故作镇定："公子请自重！"

荆楚盯着眼前因为害羞而愤怒的小姑娘，还真像一只猫，忍不住想多逗弄她。

他瞥了眼她挂于腰侧的帛书，嘴角扬起一抹不易察觉的笑，忽然拉住她的手，故意扬起了语调："很好，我很喜欢主动一点的。不如，就……"

林隐蹊受惊地跳起脚来甩开他的手，迅速拉开两人的距离，本来就微红的脸此刻红得像是要滴出血来。她全然不知自己女儿身早已被识破，只顾着在心里嘀咕：没想到这人仪表堂堂，如今看来还真是个断袖！

她清了清嗓子，手攥成拳放在嘴边轻咳了两声，还顾着自己男子的装束，粗着声音故作镇定："公子不要误会，我还是喜欢女人的。"

"哦，是吗？"荆楚语调清扬。

林隐蹊防备地看着他，却始终不敢对上他的眼睛，抱拳仓促说了句告辞便急急转身离开。这种人，既然打不过难道还躲不过吗？

"姑娘。"好听的声音忽然在身后响起来，还是那丝独特的慵懒。林隐蹊放缓了脚步，听他说出来的每一个字都如水珠滴落般落在自己的心上，"我们是不是在哪里见过？"

林隐蹊怔在原地，忽然想起来，她第一眼看向他的时候，第一次听到他唤她的时候，也涌起无限的熟悉感。

她咬着嘴唇，犹豫着还是回过头，眼神却在看向他的那一刻急遽收缩……

那个人，面前站着另一位姑娘，所以他居然并不是在跟她说话！谁知道哪里又多来了个姑娘！路上所有的姑娘他从街头走到街尾还真的都是在哪里见过！一条街上的有意思吗！

林隐蹊气得咬牙切齿，简直是个流氓无赖！

她立刻气呼呼地转头就走！

路人姑娘脸红心跳地看着眼前这俊美无比的男子，还没来得及害羞便被他冰冷的眼神吓得跑开了。

荆楚目如寒潭，意味深长地看着那似乎是被气得不轻的背影，嘴角扬起一抹笑。

一个不知道什么时候忽然出现在他身边的人，穿着朴实面容冷峻，抱手作揖道："主子，已经查清楚了，要查你并且妄想偷令牌的人，的确是飞天教！"

荆楚脸上却并没有太多的表情，似乎一切都在他的意料之中，他微启薄唇轻念："飞天教，林隐蹊？"

很好！

林隐蹊好不容易平了心底的怒气，在街上随意乱晃，全然没了一开始的兴致。她百无聊赖地看着天色渐渐暗下去，想了想还是决定先回客栈。毕竟不能被这些乱七八糟的人干扰了正事。

　　林隐蹊刚走到客栈门口，店小二又热情地凑上来："客官，我们这里有远近闻名的上好菜品，你看是否要我估摸着时辰给您送点去客房？"

　　林隐蹊摆了摆手，此刻只觉得累，而且，帛书上说的消息还毫无进展……

　　她可不想自己的一腔孤勇最后落了空，到头来还要被司却嘲笑。

　　入夜，街道的喧嚣尽数退去，空余寂静的夜，偶有打更的人路过，声音透彻清亮。

　　林隐蹊躺在床上，望着房梁上的橡柱，明明在意此次前来的任务，却对今天街上遇到的人迟迟不能释怀。

　　就像心口堵着一股子气，必须要找个地方好好舒展一下。

　　忽然，隔壁传来一阵水流的声音，林隐蹊皱着眉，屏气又仔细听了一次，才敢确定是隔壁那个皇帝房传来的声音。

　　所有被搅浑的热情似乎在这一刻又回到身体里，她一个旋身便从围帐之内翻到两房相隔的墙边，耳朵紧紧贴着墙壁，稀疏零散的声音隐隐传来，接着是关门的声音，然后便再无其他动静。

　　四周又静了下来，林隐蹊趴了好一会儿，皱着眉沉思："看来隔壁的人不是出去了，就是已经歇下了。"

　　嗯，差不多了！林隐蹊束紧了腰上的锦带，难掩眼里的兴奋，深呼几口气准备行动的时候忽然瞥见挂在身上的面具。她定定地看了两眼，虽说这是从人家那里拿过来的，可毕竟都偷过来了，还是

用上吧，况且还可以遮着脸留点神秘感！

她戴好面具，虽说有点小，但她脸也小啊！

林隐蹊蹑手蹑脚地打开门，出了房，前后左右看了一圈，顺利地进到了屋子里。

雕花木门很好地隔绝了外廊上的光亮，林隐蹊虚掩着门，尽量不弄出太大的声响。呼吸喷在面具上，灼热的感觉清晰可触，入目却一片漆黑。

还好下午来转过，林隐蹊不禁有些小庆幸，否则这偌大一个地方，怕是往哪边走都不知道。

林隐蹊凭着记忆踮着脚往卧房走去。帛书上说的是一块令牌，虽然没有细说，可是既然重要的话，就一定是随身携带了。

她趴在卧房外的雕花木栏上，听着里面均匀的呼吸声，看来那人已经睡了，这下更好，迷香都用不着了。

林隐蹊放开了胆子莲步轻移，也没在意其他，刚进卧室，脚下被一根细丝绊到，一阵阴风从前面拂过，林隐蹊一侧身，躲过了飞来的暗器……却没有躲过自上而下的一盆水。

稀里哗啦的声音响起，温热的水从头顶倾泻而下，瞬间将林隐蹊淋了个通透。

木盆落在地上咕噜噜滚动的声音显得空旷又诡异。

房间渐渐亮了起来，林隐蹊忍着胸腔瞬间蒸腾而起的怒意，咬牙掀开面具。桌旁那人藏在阴影里的轮廓渐渐清晰，他穿着白色里衣罩着件深蓝外衫，正在桌前慢条斯理地捻着灯芯。

"居然是你！"林隐蹊揉了揉眼睛，凝神看清后有些惊讶地叫道,"怎么会是你?"

这人,可不就是下午在街上碰见的那不知好歹的无赖!林隐蹊气不打一处来,这怨气怕是不报不行了!

荆楚挑亮了灯,坐下来倒了杯茶,语气里透着笑意:"我还想着,下午在街上说着不要,可是没想到姑娘找来如此快……"

林隐蹊咬牙切齿地看着荆楚,此刻的心情是恨不能撕碎他,在脑海里把这个永远一副傲然于世表情的家伙踩在地上,踩踩踩!

荆楚一脸惬意,端着茶杯缓缓走过来,里衣微敞能看见隐隐的肉色,布料遮掩下的身躯精壮匀称,然后他慢慢在她面前蹲下来。

林隐蹊刚刚恨得咬碎的牙此刻被惊得全吞进肚子里,口齿不清地说道:"你你你你……"

"会脸红,看来还是喜欢男人的……"荆楚气定神闲地啜了口茶水。

林隐蹊看着荆楚嘴角微翘,咽下茶水的喉结上下微动……这还是第一次这么近距离地看他,这一细看,皮肤似乎比她的还要好。

林隐蹊甩了甩头,简直是魔障了!这人分明就是在色诱她!她居然还吃了这一套!

林隐蹊努力使自己镇定下来。怪不得!他一定早就知道自己是女儿身了,那么下午的那一句姑娘……真是在喊她?

这个人,玩弄她有意思吗!

荆楚看着眼前抱成一团的小人,似乎全然不顾自己湿得透彻的身子,倒是眼睛里闪着精亮的光,看来不是在肚子里腹诽他就是在想着怎么报仇了。

林隐蹊是个随遇而安的人，她在心里安慰自己，头一次出任务就被抓了，就算还没开始动手，可是人家的面具好歹是在自己手上，况且现在已经没办法逃走了。林隐蹊又想了想，既然逃不掉，那么就只能敲晕这个人。这么好看的一张脸，卖到山里一定值个好价钱。

　　可实际上，林隐蹊从来就是有贼心没贼胆，她看着荆楚落在自己身上不怀好意的目光，才意识到自己衣服已经湿透，单薄的衣服湿答答地黏在身上……很显然，已经被眼前这个淫贼吃了不少豆腐了。

　　"怎么，在想怎么扑倒我？"

　　林隐蹊闭上眼睛深吸一口气，扑倒倒是不想，她只想一棒子敲晕他！可如今也并没有敲晕这个人的勇气……她眼睛睁开一条细缝，忽然抱住膝盖腾空而起，在空中翻滚了几下，瞬间的工夫已经落在那张金晃晃的大床上，一把抓过被子暂时裹住了身体。

　　荆楚咽下去的茶差点呛出来，忍住笑意，缓了下才打趣道："就这么等不及了？"

　　"你！"这个人怎么什么都能往那方面想！林隐蹊气得有些结巴，咬着牙顺了好几口气才开口，"没想到你一副衣冠楚楚的模样，却是个大淫贼！"

　　"哦？"荆楚挑眉，声音慵懒却带着一丝性感，"深更半夜不睡觉跑到我房间的可是你，且不论淫不淫的，这样看来，我们两个究竟谁才是贼呢？"

　　林隐蹊想反驳却无话可说，这么一说倒的确是这样，可是自己就算是贼也是一位深明大义的贼，跟这种外表干净却一肚子坏水的花花公子比起来要好多了!

那人并不能听见她义愤填膺的控诉,林隐蹊看着他坐下来气定神闲地喝着茶,微微气结:"你到底是谁?"

荆楚眉眼里闪过一丝不易察觉的困惑:既然飞天教派她拿着帛书来查他,会不知道他是谁?还是说,眼前的这个小姑娘只是飞天教的一个小喽啰而已?

他忽然想起那个叫作司却的人,原来如此……

荆楚瞬间恢复清明,又换上那副玩世不恭的样子。既然如此,那就陪她好好玩玩吧。

他缓缓走向床边,语气故意带着些魅惑:"这是玩的哪一出?进了我的房,爬上了我的床,现在倒问起我是谁了?"

林隐蹊瞪着眼睛咬着牙,除了无耻,她已经想不到别的话来对付眼前这个麻烦了。看来自己学到的还是太少了,翻来覆去就只会骂那几个词。

而且这个麻烦还真是个大麻烦!她看着慢慢走过来的人,嗅到了一丝危险的气息,裹着被子往后退着,好在这个皇帝房的床也够大,就算他走过来,只要不上床,还是可以保持着够不着的距离的。

林隐蹊靠在床角,话语间还有些颤抖:"要不是你泼我一身水!我才不会在你床上!"

"哦,是吗?"荆楚靠在床沿上,好整以暇地看着她像一只炸毛的猫,微眯着眼睛,"那你就是求之不得了?"

"你!淫贼!"林隐蹊因为愤慨万分而掷地有声。

荆楚却淡淡地笑着:"鄙人荆楚,非小人也。"

荆楚？林隐蹊气结，哪里还顾得上这些，咬着牙道："无耻淫贼！"

荆楚却丝毫不为之所动，故意拉长了语气："既然又说起贼这件事，不知贵贼觉得我这防盗机关是否……还不错？"

林隐蹊自然不会顺着他的意思，就算自己此刻身处劣势也要拿出点志气，再不能像上次员外府那样，被一只猫吓到腿软。所以就算这一次没有成功，也要让司却看到她的成长！

她侧仰着头，白了他一眼，嘴上不屑道："小孩子的把戏……"

荆楚忽然手撑着床沿，向林隐蹊逼近："小孩子的把戏还能不费吹灰之力困住一个小贼，那这小贼……也太叫贼人们蒙羞了。"

"要你管！"

林隐蹊看着那张好看的脸在自己眼前慢慢放大，嘴上倔着可心里却还是有些害怕的，她怯怯地往后退着，墙壁冰冷的触感传过来，才发现已经无路可退。

完了完了！林隐蹊觉得自己此刻就像砧板上的鱼肉，而眼前这个男人就像是拿着砍刀的渔夫……林隐蹊警惕地盯着笑得意味不明的荆楚，从心底冒起了冷汗。

就在林隐蹊内心的小人负隅顽抗的最后一刻，她忽然灵光一现，阴笑着一手搭上荆楚的肩膀，瞬间便抽去披在他身上的外衣，脚下一蹬借力飞到屋上的橡梁上。

林隐蹊坐在橡柱上晃着脚丫子，笑得一脸得意。

荆楚顺势靠在床头，微仰着眼看她，依旧面不改色。

不得不承认，她的轻功确实好，只是刚才若不是他控制得好，这小姑娘怕已经断了一只手了。从那个时候开始，还从来没有人敢随意碰他。荆楚的眼睛忽然深邃，太过于谨慎的自我保护，只是因为受了太多来自身边的伤害。

林隐蹊见荆楚没有说话，还以为他被自己的轻功折服，不禁冷笑："我看你也不过如此！"

"呵——"荆楚低着头笑了出来。

林隐蹊瞪他，颇有些不乐意："你笑什么！"

荆楚语气冷冷："敢动手扒我衣服的，你还是第一个。"

林隐蹊也不甘落后，学着他的语气："可被我扒过衣服的，却不止你一个。"

的确不只是他，比如说随她一起长大的侍女小绿。以前被爹关起来不让出去的时候，好多次都是她半强半诱地扒了小绿的衣服换过来偷偷跑出去的。

有了那些经验做基础，这样把别人衣服扒下来简直是太小儿科。

林隐蹊见荆楚迟迟没有说话，自以为赢了这场较量，反正现在也被发现了，也没有什么好说的了。眼前这个人还是尽早彼此相忘为好，好不容易老实了一段时间让爹放松了警惕，要是被爹知道自己现在做的这些事，那么这辈子就别想从爹的监视里走出来了。

不过这一次，算起来也是因为自己的任性坏了司却的事，只有回去向司却好好赔罪了。只希望不是什么大事，也不会太影响司却江湖上的声誉。

林隐蹊好好地想了想，也便不想同他再耗下去了。

她轻施内力准备从窗口逃脱，哪知刚起身便被一个小硬物击中

了肩膀，顿时失去了平衡，眼看着要从房梁上掉下来又使不上力气。她紧紧地闭上眼睛，没想到一世英名的林隐蹊就要这样摔死了……

尖叫都来不及从嗓子里喊出来，忽然到来的，不是冰凉坚硬的地板，而是一阵温暖的风和转瞬而至的一个温暖柔软的怀抱。

……

林隐蹊颤抖着睫毛缓缓睁开眼，入眼的便是荆楚下颌性感紧绷的轮廓，飘散的发有一缕落在她的脸上，酥酥麻麻的，似乎还能闻到一种独有的淡淡香味……而她正安然地躺在荆楚的臂弯里。扶在她腰肢上的手掌温实而有力，掌心的温度通过湿答答的外袍透过来。

荆楚垂下眸来看她，微长的睫毛下一双隐隐发亮的桃花眼里透着笑意："这么张着嘴看我，是不想起来，要吃了我？"

林隐蹊立马弹跳起来推开荆楚，踉跄着站直了身子，却不免打了个寒战，还没来得及好好享受一下大难不死的愉悦，便板起脸狠狠地瞪过去："小人！你能不能不要每次都用暗器！"

荆楚此刻却似乎想坐实了小人的称呼，并不打算承认，反问道："你又看见了？"

确实没看见，可是……"除了你还有谁！"

"可我看见的，是我救了你。"

林隐蹊没来得及反驳，便被屋外一阵匆忙的脚步声打断，紧接着是外面的门被人粗暴地推开。荆楚不满地皱起眉，眼神变得凌厉起来，周身似乎迅速凝起一层冷霜，让人不寒而栗。

他下意识地走到林隐蹊身前，微微护住她，全然不似之前的戏谑。

林隐蹊蓦地心头一震，好半天才将目光从荆楚的后背移开。

可出现在眼前的却是熟悉的身影，司却。

林隐蹊脸上的表情瞬间变得轻松，她兴冲冲地准备喊司却，可是……

她看着司却盯着自己紧皱的眉头，那眼神是前所未有的冰冷。一阵寒意涌上心头，其实她还是挺害怕司却的吧。

林隐蹊低头看了看自己此刻凌乱不堪的样子，身上还穿着荆楚的衣服，似乎是明白了什么。

司却凝眉看向荆楚，却是对着林隐蹊在说话，似乎很努力地在控制自己的情绪，尽量使自己镇静一点，可还是掩不住声音里的愤然："隐蹊，回房好好收拾一下，我在外面的亭子里等你。"

林隐蹊盯着司却落寞离开的背影，心里一个激灵——他一定是误会什么了，就不能听她说完再猜测吗？

她叹了口气，刚想追上去却被身后的荆楚叫住了。她回头瞪那一脸无辜的罪魁祸首，他不知道什么时候又换上了先前的痞气模样，好像刚刚那一瞬间的变化只是她眼花而已。

林隐蹊看着他，一脸"你有何事赶紧说，本小姐忙着呢"的表情。

荆楚却不缓不急地坐下来沏了杯茶，朝着林隐蹊缓缓开口："衣服湿了太久，坐下来喝杯姜茶驱驱寒？"

"不用！"林隐蹊一口回绝，语气分明是不想再有什么瓜葛，"方才若是有什么得罪之处还请原谅，今后你我二人自是不会再相见！"

"就这么想走？"荆楚晃了晃手中的茶杯，忽然站起来朝着林隐蹊走来，"你们飞天教难得出一次手，如今好不容易找上我了，

就这么空手而归？"

林隐蹊没明白他在说什么，可是对于"飞天教"这三个字又实在无法忽略。

很早以前她就经常听司却提起过，飞天教是江湖上一个颇为神秘的以偷盗为主的教派，不为钱不为名，仅受人之托盗天下一物，那些拥有奇珍异宝的人对其甚是畏怯。

可是这人怎么会觉得我是飞天教的人呢？林隐蹊不免疑惑，脑袋里有什么一闪而过，却又无法抓住，她迟疑着开口道："什么飞天教……我……不知道你在说什么。"

可是这样的迟疑在荆楚听来，却是有些刻意隐瞒的意味了。他凝视着林隐蹊，慢慢靠近她，语气有些阴冷："你是高估了你的智商，还是低估我的能力？"

林隐蹊被盯得有些发怵，却也挡不住渐渐靠近的荆楚，只得顺着他一步一步往后退，直到紧紧靠着木门。

看着荆楚伸过来的手，她咬着牙暗想：可不能再被这么玩弄下去了，今天一整天的气还没撒出来呢！她眼里闪过一丝狠厉，藏在衣袖里的手捏着平时开锁用的细针默默凝聚内力。

我要让你知道我可不是什么好惹的！

荆楚忽然扬起嘴角，在林隐蹊动手之前握上了林隐蹊的手腕，无形里化骨绵柔，林隐蹊忽然觉得一阵无力，内力尽散，手里的银针就这样落在了地上。

"你！"

"小姑娘，乖一点。"荆楚靠近林隐蹊，看着林隐蹊渐渐染上红晕的耳朵，语气透着笑意，"暗器不该是这么用的。"

林隐蹊气恼，却不知道是因为自己被戳穿的小动作，还是忽然的心跳，她猛地推开荆楚，却说不出话来。

果然，在这个人面前自己总是输得一败涂地丢盔弃甲，既然斗不过，难道还躲不过吗！

而对面的人却好整以暇地拿着一封分外眼熟的帛书一脸戏谑地看着她。

林隐蹊慌忙摸向自己空无一物的腰间，一脸的惊讶："你！拿了我的东西！"居然还是在我这个专业小偷完全不知道的情况下！

荆楚显然要淡定得多："哦？既然承认是你的东西……那又为何不肯承认你是飞天教的人呢？这帛书乃是飞天教传信专用，既然你不是飞天教的人，这东西又在你这里，那么……"

林隐蹊有些急了，这个人从见面开始就对她说一些匪夷所思的话，难道就是因为飞天教？

可是她的确与飞天教毫无瓜葛啊！如果这帛书真的如他所说是飞天教的东西，那么，难道是司却？

荆楚似乎也看出来林隐蹊的迷惘，却依旧不慌不忙。他心下大概对事情的真相已有了几分了解，如此看来，那个司却，还真是不简单。

既然如此，那么一切都要开始了。

林隐蹊从客栈出来，抬眼看着月色从无垠的夜色中晕开，偶尔的蛙声阵阵在这空旷的夜里显得格外突兀。

司却站在月光之下，周身凝着寒意。

一肚子想说的话在看到司却时却一个字也说不出口，她缓缓走过去，怯怯地喊了声"司却"。

司却抿着唇看她，缓了一会儿才开口说道："隐蹊，你不该一个人来。"

林隐蹊低着头，含混不清地回道，"可是……那个时候……"

她见司却不说话，又自顾自地说道："我知道我这次坏了你的事，可是你也没有告诉我你一直在替飞天教做事啊，我要是知道那是飞天教交给你的任务，绝对不会这样乱来的……"

司却凝眉看着她，她难道以为……算了吧，本来这些都不该让她知道的，既然她这么觉得，那就这样吧。司却无奈地叹了口气："没关系，也不是什么大事。"

本来只是想查明荆楚的身份而已，如今已经全部了然，其他的也没什么必要了。

林隐蹊也跟着松了口气，立刻眉目染上轻快："我说司却你这个人也太孤僻了吧，加入了飞天教这件事为什么不告诉我，这么好玩的事情总是自己一个人偷着玩，你这样不无聊吗……"

林隐蹊看着司却面色凝重，下意识慢慢住了嘴。司却很少这样的，就算不想听她啰唆的时候也会敷衍着应几声，可像这样……

林隐蹊心里有了不好的预感，弱弱地问道："出什么事情了吗？"

"快跟我回去吧，"司却看了看她，依旧皱着眉头，"大小姐她……"

林隐蹊蓦地抬眼："姐姐她怎么了？"

司却叹了口气："忽然病了，林府上下已经乱了。"

"怎么会呢！"林隐蹊惊道，"之前不是还好好的吗？"

司却没有再说话，只扭头唤来了马。

林隐蹊看着他的侧脸和自始至终都没有舒展过的眉头，眉目间还有一丝倦色和淡淡的忧伤……这样的司却，她有些看不懂了。

她上了马，跟在司却后面急急地往回赶。

很久以后她才明白，司却的眼里装了太多的东西，所以他总是太寂寞。

那些他不想回答的，她从来都不问。

所以，他的那么多秘密，她始终都不知道。

荆楚站在客栈外，倚着栏杆，看着林隐蹊匆匆离开的背影，漆黑的双眸似乎凝聚了所有的夜色，变得深邃而冰凉。一人从暗处而来："主子，是否需要属下跟过去？"

荆楚开口，透着寒意："不用了……"

他端起一边的茶杯，茶水似乎也有些凉了，可是也抵不过窗外寒月凉夜。

冰凉的茶水顺着杯沿缓缓滑入唇舌。

不用了，因为……

我们很快就会再见面，林家二小姐。

第五章

她若是嫁给了他,
到死也只能在他的身边了。

　　回到林府已经是次日清晨了,林隐蹊虽然担心着林若纯的病情,可是也害怕自己又被爹爹逮住,所以也不敢直接从大门进去,只能绕到后门。

　　她趴在门上透过门缝往里面看了几眼,还好爹前几天进了宫,虽说听到了姐姐的病他一定会急着赶回来,但愿没有那么快。林隐蹊在心底暗暗祈祷着。

　　确定了里面没人,她才转过头看司却,轻声耳语着:"我就从这里先进去了!待会儿再去看姐姐!"

　　司却点了点头,依旧有些不放心:"若是老爷发现了怪罪下来,你就全推给我好了。"

　　林隐蹊急着进去,点了点头,赶着司却赶紧离开。

虽然每次司却都会这样说，可是林隐蹊好歹也是江湖儿女，一人做事一人当，自然不会赖给别人。况且，总归不过再被爹骂一顿然后派人盯着，她已经习惯了。

林隐蹊看着司却离开了，才蹑手蹑脚地推开门，一进后门的院子便看见小绿一脸梨花带春雨地扑过来："小姐！"

林隐蹊抚过她："怎么了，大清早的哭成这样！"

她看着小绿的眼神，瞬间明白了，背后忽然冒出一阵冷汗。一个似乎带着怒意的脚步声响起，周围的气压变得低沉起来，连小绿都哭得没声了。

林隐蹊僵着脖子慢慢抬起头，果然，林书海一脸震怒地站在她面前，他似乎是连夜从宫里赶回来的，身上的衣服都没来得及换，眼里布满血丝。

林夫人站在他的后面，一脸恨铁不成钢的样子，却依旧掩不住眼里的于心不忍。

林隐蹊低着头话都有些说不出来了，刚刚明明不是没人的嘛，怎么瞬间全部的人都来了！还好把司却赶走了。

林隐蹊硬着头皮，心存侥幸，爹这么急着赶回来应该会比较在意姐姐的身体吧，这次说不定不会怪罪于她了。她怯怯地抬起头，眼里闪着泪光："爹……"

可林书海却丝毫不为之所动，怒气不减地吼："你算是知道回来！你还知道有个家！"

林隐蹊有些被吓到了，以往她稍稍服点软，或者是露出可怜的表情，爹也不会再怎么骂她；可是今天，爹好像真的是怒了，林隐

蹊一时之间有些滞愕："我……"

偏偏司却似乎是听到了动静，居然又跑回来了。他推开门，看着眼前的情景，猛地抱拳跪在地上："老爷！"

"司却！你好大的胆子！"林书海看着司却，怒气滔天。林隐蹊再怎么胡闹，也好歹是自己的女儿，骂起来多少有些于心不忍。既然司却愿意主动出来，他便好像要把剩余的怒气全部发在司却身上，沉声呵斥，"我让你保护小姐，可不是让你带她到处鬼混！"

林隐蹊看着始终低着头不说话的司却，想反驳，却又不敢在老虎头上动土，况且还是只发怒的老虎。

可林书海的话却越来越难听："隐蹊她可是我堂堂林家二小姐，不是你结交的那些粗俗的江湖女子！你也不要有什么妄想，你永远只是个下人而已！"

"爹！"

"隐蹊！"林夫人出声打断正要开口的林隐蹊，"快给我回去！"

林隐蹊有些不可思议地看着他们，爹娘明明不是这样的人，可是为什么最近全部都变得这么尖酸刻薄？！

她看见了一直躲在后面石堆旁的司婶，前些天她还在为这些人忙着做他们喜欢吃的东西，可如今，只能眼睁睁看着自己的儿子被这些人如此羞辱。

林隐蹊站起来，林夫人又喝道："小绿，还不带小姐回去！"

"是。"小绿抹着泪从地上起来，快步走到林隐蹊跟前，却被林隐蹊一把甩开。

林隐蹊语气强硬："不关司却的事，是女儿自己喜欢！我只是受不了林府这没有自由的生活而已！"

这一说无疑是在老虎嘴上拔毛，林隐蹊看见林书海气得发抖的手颤颤巍巍地指向她，又无奈地甩开，

"来人啊。"林书海缓了一口气，语气肃然，"将二小姐关进房内，至成亲那日，没有我的吩咐谁都不准给她开门！"

"老爷！"司却急急喊道，"这些都是我的错，不关二小姐的事，还请老爷责罚我！"

司婶也忽然跑出来，跪在地上求情："老爷夫人，是我教子无方，还请老爷夫人不要太苛刻二小姐，二小姐她……"

"住嘴！"司婶没有说完的话被林书海厉声打断，林夫人的眼里忽然闪过一丝慌乱。

而这些，司婶没有说完的话，林夫人慌乱的原因，那个时候的林隐蹊都不知道。

她只是看着林书海，倔着性子，不肯服软也不肯求饶："去就去！"

林隐蹊被关进了自己的房间里，哪里也不让去。

日出日落，就这样数着日子。

已经第七天了，林隐蹊坐在房间内，爹会生气她是知道的，可是却没想到他会发这么大的脾气。以前被爹知道自己总是溜出去玩，也只是小罚一下，睁只眼闭只眼就过去了。

可是……

林隐蹊透过门看着外面把守的侍卫的身影，隐隐觉得不安，像

这一次这样久的禁足，还从来都没有过，连房门也被上了锁。除了送饭的时候，房门一概不开。而且送饭的也不是小绿，是一个从来不会跟她说任何话的婢女。

门口的侍卫也是，都跟哑巴一样。

就连想见姐姐，也根本没有机会，就更不用说司却了。

所以这些天，林隐蹊除了跟自己说话和拍着门大喊，便再也没有其他的事情做。

总觉得哪里不对，又没人来告诉她。林隐蹊觉得自己已经忍到极限了，再被关下去，她可能要硬闯出去了。

她定了定神，悄悄走到门前，准备试探一下外面守门的侍卫，却听见了娘的声音。

"你们都先下去吧。"

"是。"侍卫应了一声，

娘？林隐蹊觉得自己跟久逢甘露的人一样，终于觉得有一丝欣喜。

门锁被打开。

"娘！"林隐蹊有些迫不及待扑到林夫人的怀里，这些天里的委屈心酸瞬间涌上心头。能哭的地方，也只有娘的怀里了。

林夫人温柔地抚着她的头，手有些颤抖。

林隐蹊抬起头，看见娘眼里似乎有泪，瞬间凝住了表情："娘，你怎么了，是不是姐姐她……"

落锁的声响打断了林隐蹊的话。为什么这个时候，还要把门锁上？她有些僵硬地看着迟迟没有开口说话的娘，颤着声问："娘，到底是怎么回事……"

林夫人叹了口气,忍着眼眶的酸涩,拉着林隐蹊在桌子前坐了下来,明明依旧年轻貌美的她这些天似乎老了十岁,眼眶红肿,眼里布满血丝。林隐蹊越来越不安,难道真的是姐姐……那为什么到现在都不让她去看看姐姐?!

"隐蹊,"林夫人终究还是开了口,可似乎是费了好大的力气才忍住声音里的哽咽,"若纯,她现在很不好……"

"我们……治不好她。"林夫人还是没忍住,低头哭了出来。

林隐蹊慌忙地握住她的手,话语间也带着哭腔:"娘,你不要担心,一定有办法的,我听司却说江湖上有个叫清灸派的,什么病都能治,我们去找他们,姐姐一定有救的!"

林夫人摇着头:"来不及了,隐蹊,来不及了……"

林隐蹊没能明白,难道姐姐已经……

林夫人接着说道:"你也知道若纯与将军的婚事……"她似乎有些犹豫,没有马上说完,"那婚事乃是当今圣上钦点,指腹为婚,在旁人看来,我们林家虽世代与皇室交好,可也只是小门小户,能与将军府联姻,实属莫大的荣幸。"

林隐蹊忽然瞪大了眼睛,似乎还有点不确定:"娘,你……你这话是什么意思……姐姐她……"

"隐蹊,"林夫人擦着眼角的泪,"若纯她现在一病不起,连吃饭都无法下咽,这婚事,怕是……"

"姐姐她到底怎么了?"林隐蹊急着打断。

林夫人顿了顿:"一直昏迷不醒,甚至还有咯血的症状……"

林隐蹊终于明白了什么……所以才要把她关起来,像关犯人一样关住她……

"皇上下旨,将林家小姐嫁与镇疆将军,"林夫人断断续续地说着,"长幼有序,所以我们便理所当然地认定了是若纯……"

林夫人忽然拉住林隐蹊的手:"隐蹊,若纯她现在定是没办法嫁过去了,可是皇命难违,如今林家小姐,只有你了。"

果然是这样!林隐蹊在心底苦笑一声,眼睛却变得干涩。

"所以,你们要把我嫁给那个我从未谋面的人?"林隐蹊觉得难以置信。

林夫人却逐渐平静下来:"之前若纯不也是背负着这样的命运吗?你从小所有的自由全部都是以牺牲若纯为代价的……"

林隐蹊微愣,很久之后她才明白,外人始终不知道林家二小姐,不是因为她不如林若纯,是因为她的母亲也抱有一丝侥幸——如果可以的话,希望她不被林家的命运所束缚,希望有朝一日她能有属于自己的人生。

可是也因为如此,林若纯便要承受着这一切。

所以,自始至终,所有人都在倾尽全力护她活得安然,她也始终觉得理所当然。

"隐蹊,是娘对不住你。"林夫人忽然镇定下来,眉眼间一片灰色,"可是违抗圣旨只有死路一条,我们是真的没有办法才出此下策……我可以不顾自己,却不能不顾这个林家……"如果可以的话,我曾失去过的自由,宁愿以命相送,换你们一生无束。

林夫人声音始终淡淡的没有起伏,她最后的话,像游丝般盘旋在林隐蹊耳边——

"现在只有你可以救林家了……"

林隐蹊忽然呆滞下来,语气平静得可怕:"你们根本就没有给我选择不是吗,把我关起来不就是等着那一天把我塞进花轿吗?"

林夫人的手僵硬地缓缓收回,眼里尽是怜惜的痛楚:"隐蹊,不是我们不给你选择,而是我们根本就没得选择。"

林隐蹊忽然轻笑一声,扑进林夫人怀里,过了好久,她才缓缓开口,却已是泣不成声:"娘,我以后……就不能在你的怀里哭了是不是……"

林夫人抱住她,泪如雨下。待林隐蹊情绪缓下来,林夫人才强忍着心口的钝痛站了起来,她看了眼一旁没有动过的饭菜,叹了口气转身往外走去,靠着门敲了敲门槛,等着侍卫开锁。

临出门前,林夫人又回过头,看着林隐蹊,终究又忍不住泪眼婆娑。

林隐蹊坐在凳子上始终没有动过,连头也不曾抬起来。

现在知道了所有的事,她也不会想出去了,甚至宁愿一辈子待在这个小房间里。

可是……

她和林若纯打小便是两个极端的性子,林若纯温顺乖巧,从来不忤逆爹娘的意思;她古灵精怪,一言一行都似在跟他们作对。

可即便是这样的她,也深知自己是被宠爱着才敢如此放肆,若是没有林家,她也只会逆来顺受地活着。

所以这一次，真的是没有办法了吧。

林隐蹊苦笑着，可是能怎么办呢？

她若是嫁给了他，到死也只能在他的身边了。

大概就是到死吧……

林隐蹊长长地呼了口气，听到门锁打开的声音，才缓缓开口："他叫什么名字？"

林夫人微愣了一下，声音微哑："他叫万俟哀，是个大将军……"

"嗯。"林隐蹊忽然抬起头，表情全然不似刚才的呆滞，微笑道，"我记住了，我的夫君，他叫万俟哀，是个大将军。"

第六章

似此星辰非昨夜,
为谁风露立中宵。

婚嫁当日,凤冠霞帔,十里红妆。

林府上上下下张灯结彩,可是却没有谁的脸上能看到婚嫁该有的喜笑颜开。

只有外面围着的江北城的百姓,层层叠叠,一个个扒着门把头往里探,生怕错过这见林府千金最后一面的机会,场面热闹得不得了。

林隐蹊坐在屋子里,穿着大红色的喜服,似乎一副认命的表情。

小绿站在旁边,泪眼汪汪的:"小姐,可委屈你了,你要是不开心就哭出来吧,憋着多难受!"

林隐蹊白了她一眼:"大喜的日子,哭什么!"

小绿虽然从小跟着林隐蹊长大,可是这位主子心里在想什么,

她却从来不知道。就像那天她得知了真相，本以为小姐会闹着要逃出去，她都做好了替小姐背黑锅的打算，可是没想到小姐不仅安静地接受了这件事，甚至第二天就元气满满地复活了，该吃吃，该喝喝，根本没有一点悲伤的样子。

林隐蹊看着小绿在这里哭得闹心，嚷嚷着要把她赶出去了："乖，出去哭好了再回来。"

小绿擦了眼角的泪，听话地应了一声，可刚准备踏出去一步又被林隐蹊一把拉了回来："待会儿多吃点，别饿着了，我们还有正事要做！"

小绿呆呆地看着她，虽然不明所以，但还是应了一声"哎"，又乖乖地出去了。

林隐蹊摘下头上顶重的凤冠，摇了摇脑袋，活动着脖子："这么重，待会儿……唉，算了，坚持坚持总是行的。"

她拿了笔在纸上写着什么。

不用想也知道，定是留给司却的信。

她不知道是不是因为自己连累了司却，还是爹担心自己求助司却坏了事将他也关了起来。总之这些天无论她放出怎样的暗号，也始终没有见到他。

问小绿，小绿也只是说司却是去给大小姐找药了。

大概也真是这样……爹替姐姐找了那么多大夫，不管是江湖术士还是宫廷御医，都束手无策，现在只能去找清灸派了。

清灸派名医无数，不仅个个医术高超，甚至有能起死回生的神医与宝药。只是清灸派的人一向神龙见首不见尾，如果司却真能找到,那么也一定能找到那传说中的红莲丹吧。那是一种服下后便可断气三个时辰的假死药。

林隐蹊紧紧地握着手中的笔,如果只有死掉才能逃开这个命运的话,那为什么她不试试呢?她林隐蹊,从来不会轻易放弃。

她将写好的信放到盒子里,又将盒子放在书阁间。这是司却给她的暗盒,除了他其他人都打不开,所以里面的信,也只有他能看到了。

而她所有的希望,也寄予此了。

林隐蹊虔诚地望了眼那盒子,转身对着镜子理了理微乱的头发,将那浮夸的凤冠戴回头上,一脸将士征战沙场视死如归的表情。

"小姐!"小绿的声音从外面传进来,"我们要进来了哦。"

"进来吧。"林隐蹊对镜理云鬓,淡淡开口。

小绿带着喜婆走进来,林夫人也跟在后面。喜婆摇晃着兰花指靠过来:"哎哟,我们林小姐果然是国色天香,这喜服一穿上,啧啧,简直就跟仙女一样!"

林隐蹊无奈地叹了口气,嫌弃地看了眼这喜婆:穿得比新娘子还红,还长了一张令人嫌弃的脸。

她别过脸,朝后面一言不发的林夫人喊了声:"娘。"

林夫人走过来,理了理林隐蹊身上的衣服,声音似乎还有些哽咽:"小绿会陪你过去……以后,要好好照顾自己。"

林隐蹊咬着唇,用力地点了点头。

她曾经也想过要逃离父母的羽翼,靠自己好好地活下去,可如今真的要走了,却只有无尽的不舍。

林隐蹊好不容易忍住眼眶的酸涩，小绿却在旁边哭了起来。

　　喜婆大概是见得多了，一把推开小绿，上前挽住林隐蹊的胳膊，尖锐的嗓音如同刀子一样划破了这令人感伤的气氛："林小……哦不，将军夫人，快跟老身走吧！总归只是一时的情绪，过了这个时辰可就不好了。我们喜结良缘的吉时可不能误啊！"

　　喜婆踮起脚为林隐蹊搭上红盖头，声音刺耳，穿透了整个林府："吉时已到，新娘上花轿……"

　　林隐蹊闭上眼：爹，娘，我会保护好自己。你们的小女儿林隐蹊，会永远像你们爱的那样好。

　　司婶拎着好不容易做好的羊角酥追着跑出去，一个趔趄差点摔在地上，她看着火红的花轿晃晃悠悠地走远轻轻叹息，终究是没有赶上。

　　"司婶。"一缕嘶哑的声音从背后响起，司婶回过头，惊讶道，"大小姐，你怎么出来了？"

　　婢女扶着林若纯，她勉强地站立着，即使久病在床，也掩不住她的美貌，反而为原本的美平添了一丝娇柔。

　　林若纯轻喘着气，眼睛却毫无生气，看着花轿消失的远方。她终究是如愿以偿，可是却再也无法互诉衷肠，甚至……她都不敢见隐蹊一面。

　　林若纯苦笑了一声，淡淡地开口："司婶，你说隐蹊，会幸福吗？"

　　"会的，大小姐和二小姐都是有福之人，你们都会幸福的。"

林隐蹊坐在喜轿内，大概是轿夫听着唢呐太过兴奋，抬着轿子晃晃荡荡。林隐蹊本来顶着个凤冠就脖子疼，又被这轿子晃得头昏眼花的。

　　忍了半天实在是受不住，林隐蹊撩起帘子，扬着声音喊了停。

　　走在前面的小绿赶忙靠过来："小姐，怎么了？"

　　"快让这唢呐别再吹了！"林隐蹊没好气地说。

　　小绿犹豫了片刻，可是好歹图个喜庆啊，况且大家不是都希望风风光光热热闹闹地出嫁吗……

　　小绿抬头又看了眼林隐蹊寒光四射的眸子，乖乖地应了声，还是吩咐了下去。

　　"小姐，已经停下来了。"

　　"嗯。"林隐蹊眼里闪过一丝狡黠的光，"大家也累了，让他们就在这里停下来休息一下吧。"

　　"哦。"

　　小绿又朝着几个轿夫喊了一声。轿子停了下来，大家都各自找了树荫处坐下来。

　　小绿拿出水壶准备找个地方去打点水，却又被林隐蹊叫住。

　　"小绿！"

　　"小姐……"小绿忽然有种不好的感觉……

　　"你上来，跟我一起坐！"

　　果然，小姐每次露出这种眼神八成是要坑她，小绿惊得连连摆手："小姐这怎么可以呢，你可是主子呀！"

林隐蹊瞥了她一眼，板着脸佯装严肃："哪那么多话，赶紧上来！"

小绿打小就跟着林隐蹊，所以自然知道她家小姐的顽劣性格。林隐蹊以前就常常偷偷往外跑，她也因此受了不少罚，可每一次她还是会由着林隐蹊胡闹，还帮着林隐蹊打掩护。对她来说，她这条命，从四岁那年的寒冬里被小姐捡回去的那一刻开始，就是小姐的了。

小绿坐进轿子，犹豫着开口："小姐，你要是不想嫁过去，就逃走好了。反正谁都没见过你，我代替你……嫁过去，他们也不会知道不是？"

林隐蹊心里一惊，瞬间被无尽的温暖包裹，感动得差点没哭出来。她拍了拍小绿的肩："傻姑娘，你就这么拿自己开玩笑，要是以后你遇见喜欢的人怎么办？"

"小绿不会喜欢别人，小绿从四岁那年起就只会喜欢小姐了！"

林隐蹊扯了扯嘴角："没事的，既然这样我就更不会抛下你了……"

"小姐……"

林隐蹊晃过来："我俩换个衣服！"

"啊！"小绿有些不明白，刚刚不是还拒绝了吗，"小姐，你的意思是……"

"放心吧，你就代我拜个堂好了，"林隐蹊语气急迫，"我只有这么点时间，必须找到司却，所以你能拖多久是多久。"

小绿虽然心下有些害怕，可是能帮到小姐她就在所不惜。她立刻低头解衣服上的扣子，手却是颤抖的。

林隐蹊看着小绿一副可怜兮兮的模样，总感觉自己在做坏人……简直是强抢民女的感觉。她轻轻握住小绿的手："好了，不要怕，我很快就会回来的，不会太久！"
　　"嗯，小姐，我相信你！"
　　林隐蹊汗颜，难道自己刚刚从家里出来上轿子前也是这种视死如归的表情？

　　唢呐又开始吹了起来，林隐蹊牵着小绿的手，掀开帘子探出头去看，原来已经到了明安城境内了。
　　街道上人群拥挤，大概也是知道将军府今日娶亲，路两旁看热闹的人围了个水泄不通，都是些陌生的面孔。
　　明安城果然比江北城要繁华美丽得多，可是林隐蹊并没有心情看这场面。
　　她转了转眼珠子——正好，趁着人多好作乱。
　　她等着轿子放下来后，又不放心地嘱咐了小绿一遍："待会儿下了轿子就是喜婆来接你了，你低着头不说话，拜了堂就会送你去新房，我一定会在客散之前回来的。"
　　"嗯，小姐，你放心去吧，我不说话！"
　　林隐蹊穿着小绿的衣服从轿子上先下来了，喜婆在旁边斥责："哎哟！我说你这丫鬟太不像话了！这喜轿是你能随便坐的吗！真是没规矩！"说罢看新娘子从轿子上下来了，便立刻殷勤着伸手去扶，瞪了林隐蹊一眼后也没再多唠叨什么了。
　　林隐蹊一直恭恭敬敬地低着头，看大家的目光都随着新娘子进

去了，一转身便融入人海茫茫。

　　林隐蹊本来就是一个大大咧咧不怎么记路的人，以前是因为不管什么时候司却总会在她身边，可现在不同了，她只有一个人，一个人的时候比较容易长大。

　　林隐蹊顺着来时的路往回走，虽然绕了些弯子，可总归是出了城。

　　城门外有一条护城河，从这里看去，整个明安城山明水秀春色撩人，不远处的十里长亭，正花明柳媚。

　　听说这十里长亭是百姓为了送将士们出征而修建的，可这样看来，却并没有那种征战沙场的肃穆之气，倒是一片诗情画意。

　　林隐蹊无暇顾及这些，她出了城门便被这些四通八达的路给绕晕了，至于回家的路在哪个方向，就更是一头雾水。

　　她站在路口，心里一阵低落，无处排遣的寂寞如同潮水般扑面而来，鼻头染上酸意，难道……真的回不去了吗？

　　她拍了拍自己的脸，还是不要这样仰望天空假装哀伤了，就算找不到司却，他也一定会看到自己留下的信件的。

　　于是，林隐蹊在城门口找了间酒肆，花了些银子收买了一个小二："如果有人问你今天的风往哪里吹，你记得把这个交给他！"然后将一个盒子递给他，顺带塞了一锭银子给他。

　　店小二似懂非懂地点了点头，但是收人钱财替人做事，他只管拿钱就成，至于其他便聪明地没有多问。

　　看着天色已经不早，也做好了一切安排，林隐蹊还是决定先赶回将军府。

　　过护城河的时候，林隐蹊站在拱桥上，一阵风吹过，长亭外传来清丽凄切的箫声，回旋婉转如泣如诉，夹杂着桥下的冰泉之气，刺破风里的暖意扑面而来。
　　林隐蹊停下了脚步，朝着那头看过去。
　　清风拂柳，人微愁；十里长亭，水悠悠。
　　斜燕双飞，落日孤圆。
　　男子一袭素白衣衫似玉砌雪，发如墨瀑，未辨其容已是清俊无伦；他身材挺拔，微倚在亭栏之上。
　　山水相衬，真是像画一样，林隐蹊不禁叹道："这男人，怎么长得跟画一样呢。"
　　待回过神来的时候，那人已经停下了手中的箫，朝她这边远望过来。
　　这么远的距离，林隐蹊看不清他的眼神。
　　难道，他听见我说话了？可我声音不大啊！林隐蹊在心头疑惑着，尴尬地环视着周围，可这里……也确实只有她而已。
　　扰了别人也就算了，偏偏还被人家看见了……
　　林隐蹊想着要不要过去道个歉，看那人始终没有移开过目光，便硬着头皮准备过去了。
　　她向来是能飞过去就不会多走一步路的人，凝起内力起身而去，转眼已落在长亭里。
　　可是那人却并没有看过来，林隐蹊心下一惊，难道……他刚刚

并没有看自己,只是侧着头看风景?

这下好了,走也不是,去也不是,开口也不是,闭嘴也不是……

明明是自己自作多情,可是如此尴尬至极的时候林隐蹊却也忍不住有了小脾气,微跺着脚。

那人这才看过来,目中琥杏仿佛被破了墨色,浓深之中又多了些光华流转。

林隐蹊这才切切实实地看清他的样子——陌上公子,温润如玉,大概就是这个样子的吧。

只是有了荆楚那样的人在前面做铺垫,林隐蹊这次倒显得淡定多了,却依旧抵不住在肚子里腹诽着,好看又怎么样!我还是要发脾气的!

只不过……少发一点而已。

林隐蹊看着他,很自觉地低眉顺眼道:"对不起,我只是路过这里被公子箫声所引,情之所至,并无意打断……"

果然,人长得好看非常有用,她说话的时候都会不自觉地温柔三分。

那人看着林隐蹊,穿着打扮倒像个丫鬟,可是一双眼睛却明皓如星满是灵气,他心底蓦地一震,表面上却不动声色,淡淡地开口,声音温尔,却带着一股不可抵抗的气势:"你懂音律?"

"略知一二。"

林隐蹊有些得意,她好歹也是个大户小姐,自小娘便请了私教先生专门教她和姐姐这些,所以女孩子家的琴棋书画她虽算不上是样样精通,却也都略通一二。不过她最擅长的还是舞了,毕竟跟着司却飞檐走壁，无论是轻盈度还是柔软度都要优于常人。甚至舞技这方面，连姐姐都比不上。

男子嘴角一扬，眼里却并无笑意："既然如此，那便陪我舞一曲吧。"

林隐蹊得意的神情还挂在脸上，随即一愣：跳舞？懂音律就该跳舞吗？那要是自己不会呢！这个人怎么这么任性？

来不及拒绝，那人淡淡的声音又响起来："就当是给我赔罪了。"

赔罪？思忖了片刻，林隐蹊忽然慢慢轻笑："那就有劳公子了。"

果然，人长得好看是会让人没有办法拒绝的，甚至让人丧失原则。

林隐蹊一面腹诽着自己的不争气，一面又呆呆地看着那人执起手里的箫，半角玉白锦袍在光影里摇曳，那执箫的手骨骼修长，似乎比那一截袍裾更皓白几分。

他薄削的唇落在箫上，一阵悠扬的曲子便如春风拂面般划过心头。

好熟悉的曲子，却又想不起在哪里听过。

清颜绿衫，青丝墨染，她轻拂衣袖，湖畔落花如蝶般纷落于天地之间。林隐蹊足尖轻点，凌空飞到那花瓣之上，忽然又落在那人身后，来不及落地便又借他一力腾于空中，回裾转袖若飞雪。

人舞蝶翩跹，衣袂飘摇绝。

触地，音落。

林隐蹊掩去眸中一丝得意，低眉道："公子见笑了。"
　　那人收起手中的箫，眸子似染上了一层薄薄的雾气，目光越过她不知落在何处。林隐蹊微微一怔，这个人，从第一眼开始，便是淡然无谓眉目冰凉的样子；可是如今，那眼里化不开的忧愁，却这么不加掩饰地露了出来。
　　她张了张嘴，却没有开口。
　　相对无言一会儿，林隐蹊看天色微暗，朝着那人欠了欠身，转身施展轻功凌空往城里飞去。

　　林隐蹊是从屋顶上翻到将军府的，将军府守卫森严，若是从大门走又要被拦下问东问西，如今多说一句话就多一分危险。
　　她看着巡逻的士兵气势磅礴地从这边过了，便迅速地翻身进去躲在一丛深草之中。看来这将军也是爱惜花草之人，她简单地巡视了一下，整个府上花花草草数不胜数，还有人专程打理。
　　大概将军也是铁汉柔情，沙场上再怎么杀人不眨眼，回来还是会怜惜一棵花草。林隐蹊竟然不自觉地想到了长亭里的那位白衣公子，那人看起来器宇不凡……
　　哎……这是在瞎想什么呢！
　　有人走过来，林隐蹊一惊，微缩着身子，透过缝隙看过去。看打扮应该是府上的一些丫鬟，林隐蹊听着她们交头耳语。
　　"哎，你们听说没有，将军居然没有出现在喜堂上！"
　　"是啊是啊，纵然那林小姐美得再倾国倾城又怎样，还不是被我们将军晾在一边！"另一位声音稍尖，有些刺耳。

"我看啊,这婚事怕是作废了!那林小姐,怕是一辈子也抬不起头了!"

那些声音如同刀子一样落在林隐蹊的耳边,忽然,又一道低沉的声音响起:"谁准你们背后议论主子的?"

丫鬟们似乎是受到了极大的惊吓,纷纷下跪做求饶状,可是还没来得及开口请罪便被来人慑人的眼神给吓得连滚带爬。

林隐蹊呆呆的:那个万俟哀没有出来拜堂,那么小绿呢?

"有你这样的主子,做丫鬟的还真是操碎了心……"

林隐蹊一怔,这是在和她说话?

"还不出来?"

果然是他,只是他怎么会在这里?林隐蹊站起身来,拍了拍身上沾着的叶子,强装镇定地看过去。

荆楚微微一扬唇:"二小姐,我们又见面了。"

二小姐?

林隐蹊一愣,怔怔道:"你查我?"

荆楚好笑:"你也太高估你自己了。"

林隐蹊表面上不动声色,心里却巴不得将眼前这个人暴打一顿。

却又听见他说:"说起来,我也是坏了姑娘名声之人,还以为姑娘一路跟着我,是想要我负责……"

你!林隐蹊看着荆楚不怀好意的目光,咬着牙:"你好样的!"

荆楚不免有些好笑:"我?我哪儿比得过二小姐,不仅有一个飞天教的小情郎,如今还能嫁得堂堂镇疆大将军万俟哀,关键是,前不久还不明不白地爬上了我的床……"

"住嘴！"

林隐蹊打断他，极力掩饰自己的慌张，既然这人把她的底细摸得这么清楚，那定是有什么企图。倘若真如此，与其这样不明不白地被纠缠，还不如直接说出来。

"你究竟想做什么？"

荆楚也不多废话："很好，想必林小姐也知道，江湖上一直在找的五样宝物，飞天赤司、清灸莲丹、北疆青鸾玉、南蛮虚若符……"

这些，林隐蹊的确都听司却说过，可听到清灸的红莲丹的时候，还是忍不住心里一沉，她佯装淡定地问道："第五样呢？"

荆楚笑，似乎是半开玩笑的样子："第五样，自然是这天下了。"

……

"所以呢？"林隐蹊挑眉，问道，"你想要哪一样？"

"我哪一样都不要。"荆楚挑眉，忽然靠近，灼热的呼吸拂在林隐蹊的耳畔，"我要你……"

林隐蹊的脸上瞬间腾起一抹红晕，连呼吸都是热的，心肝噗噗跳得像是要蹦出来一样。

"我……我不从！"林隐蹊差点没把自己舌头咬断，也不知道自己怎么就说出来这样的话。

呵，荆楚失笑一声，直起身子，好整以暇地瞥了她一眼："你一个小姑娘，脑袋里天天在想着些什么……我只是要你在万俟哀的府上，替我偷来青鸾玉而已。"

林隐蹊缓了好几口气才不至于让自己气炸，恨不得找个地缝钻进去，这辈子算是在这个人的面前丢尽了颜面。

可是，她还是不甘心，明明是荆楚有求于她，可是为什么是她一直处于下风！她咬着牙，语气不善："你凭什么认为我会帮你？"

"哦，那你是不肯出手了？"荆楚却并不在意，倒是一脸闲适不徐不疾地说道，"若是我没猜错，二小姐可是在找这五宝其中一样……传说能金蝉脱壳的红莲丹？"

林隐蹊一怔，只见他手上拿着的正是她在城外酒肆交给那位店小二的书信……怎么会在他那里！

……

明安城外的一间酒肆，店小二鬼鬼祟祟地怀抱着一个箱子找了个无人的角落蹲下来，见天色已暗四周无光，才蹑手蹑脚地打开，亮闪闪的金子璀璨夺目，口水差点没流出来……店小二"啪"的一声关起了箱子，用锁反反复复锁了好几次，一边暗喜着今天赚大发了，一边拿起锄子便开始刨坑……

荆楚两根手指捻着信还给她，意味深长地说："我说林二小姐，这世上并不是所有人都可以相信的，特别是那些拿钱办事的人，因为总有人比你更有钱……"

林隐蹊一把夺过信，抿着嘴不说话——要是再被她撞见那见钱眼开的小二，定不轻饶！

荆楚好笑，声音带着一丝蛊惑："既然你这么想要红莲丹，要不要和我做个交换？"

"什么交换？"林隐蹊略带防备地看着他。

"替我做事。事成之后，你想要的我给你。"荆楚的一双眸子

如墨玉，深不见底，就这样看着林隐蹊，仿佛要把她吸进去似的。

林隐蹊鬼使神差地点了头，然后就再也没法从他设下的圈子里跳出来了……很久以后她再想起来，也觉得荆楚这人真的是有魔力的。

她就这样答应了荆楚，准备走的时候忽然想起来什么，故作凶狠地瞪着他："要是被我发现你在骗我，我就……"

"就怎么？"荆楚抱臂，停下来等着她说下去。

"我就弄死你！"

"哦，是吗？"荆楚忽然靠过来，手不知怎么就放在了她的头上，狠狠地揉了两下后微躬着身子平视着她的眼睛，一个字一个字地吐，"求之不得……"

林隐蹊紧绷着表情看他慢慢靠近，长得过分的睫毛微微挥动……她紧紧地闭上眼睛，一副英勇就义的表情。

可睁眼时，却像是梦境一般，眼前空无一人，只剩下风吹草舞，伴着三月的阵阵药草香。

巡卫又排着整齐的队伍走过来，林隐蹊慌忙低下头，假装是府上的丫鬟不敢作声，生怕被抓起来质问。还好，他们似乎也只是走过场的样子，并没有多想，似乎也根本没注意到她。

可是，心还在噗噗地跳着，林隐蹊微愣，耳边铁衣戎装的声音明明那么刺耳，可她听到的却只有荆楚低沉如丝的声音，还在心上盘旋缠绕——"舞很美，我看就够了……"

那么他也看到了？也是，毕竟店小二都被他知道了。

林隐蹊怔怔地往回走着，终于泄了气。

荆楚这个人好可怕！不管怎么样，以后还是要多注意为好。

新房在将军府西边郁锦花园后面的秋苑里，离正厅和其他厢房有些远，就算出去也要走上好些脚程。

不过倒也清净，况且，这秋苑远看也是绿林环绕花香鸟语，正合了林隐蹊的意。

天色还没完全暗下去，门口的红灯笼就已经早早点上了，只是门上贴着大大的喜字被风吹翘了一角。

明明是大喜的日子，不知道为什么却有一种萧瑟的味道。

林隐蹊在路上拦下一个送东西来的丫鬟，压着声音："我是这林小姐的陪嫁丫头，这东西就让我送进去吧。"

那丫鬟没好气地看了她一眼："哟！都被赶到这里来了还要个什么丫鬟，你送进去也罢。"说完还是将手里的东西甩到了林隐蹊手中。

要是在以前，林隐蹊绝对是咽不下这口气。可是今天，大概是刚离林府，又奔波了一整天，她只觉得累。

林隐蹊仔细瞧了那丫鬟一眼，君子报仇十年不晚！以后再这个态度就别怪我不客气了。

她端着盘子走进新房，入目虽然是一片红，可光线很暗，桌上的红烛也燃了半截儿。

她轻轻地关上门，将东西放在桌上。

坐在床边的小绿穿着嫁衣，怕是听到了脚步声，身子一震。

林隐蹊快步走过去，微微握住她的手："小绿，是我！"

小绿前一刻还紧绷着的身体终于放松下来，她撩起盖头，扑倒在林隐蹊的怀里，声音染上了哭意："小姐！你终于回来了！"

林隐蹊抱住她："对不起，我回来晚了，你没事吧？"

小绿擦着眼角的泪，抽泣着："没事，小姐，只是那将军也没出现在喜堂上，当时可把我吓死了，生怕他们掀起我的盖头……"

她吸着鼻子，语气已经没有刚才的悲切："幸好有位公子说先送新娘子回新房……要不然，说不定我就露馅儿了！"

"公子？"林隐蹊微蹙着眉。

"嗯，我从盖头下面看不见脸，只看到他腰间别着一面奇怪的面具。"

面具？难道是荆楚？林隐蹊微怔，这人到底是什么身份，看起来器宇不凡风度翩翩，现在又出现在将军府，还这么有发言权……

"小姐！"小绿在她眼前晃着手，"你不要伤心了，虽说将军并没有出现，但是……"

"好了好了……"林隐蹊压住她的手打断了她，虽然现在情绪的确是不怎么高，可绝对不是因为婚礼被甩这件事，"快睡吧，我累了。"

小绿应着："哎，好嘞，那我先去给小姐准备洗澡水去！"

林隐蹊点点头，看着小绿兴冲冲跑出去的背影，长长地叹了口气。

她从袖子里拿出一个看上去就有些年代的盒子。

这是个由普通红檀木制成的盒子，巴掌大小，边角被磨得很光滑，里面不知装了些什么东西。

这是在长亭时她从那位白衣公子身上摸来的，林隐蹊把盒子放在耳边晃动着听，也不知道自己当时为什么就手痒痒了……

忽然想起那箫声，其中蕴含的一抹淡淡的哀愁似乎还在耳边挥之不去。

犹豫了下，她想打开看看里面究竟是什么，可使了些力气却怎么也打不开，只得作罢。林隐蹊将盒子扔在床上，盒子却咕噜咕噜滑落到床脚。林隐蹊这才看见盒底有字，她扑过去将盒子捡起来。

盒底的字刻得歪歪扭扭，大概是时日已久，有些模糊不清了。

林隐蹊借着光努力看，是一首诗——

几回花下坐吹箫，银汉红墙入遥望。

似此星辰非昨夜，为谁风露立中宵。

林隐蹊微怔，这个是女孩子家的东西吧，可那位公子的身上为什么会带着这种东西？

她又想起了他的那双眼睛，冷淡且不带一丝感情。

这究竟是没有感情，还是情至深处却似无？

……

小绿推门而入："小姐，都准备好了！"

林隐蹊掩去眼里的情绪，收起盒子淡淡应了声。

若真的是很重要的东西，还是还了吧……倘若还能遇见他的话。

林隐蹊躺在床上，全是陌生的声音陌生的味道，她怀念起林府，那深夜里的灯和淡淡的羊角花的香味。

她忽然想起出嫁前娘跟她说的话：你的夫君叫万俟哀，是个大

将军。

可今天,她的夫君,那个叫万俟哀的将军,始终没有出现。

迷糊间,她似乎又听见那阵凄切的箫声,声音遥远得仿佛一不小心就会被风吹走。

夜色渐浓,迷梦痴缠,大概是梦吧,林隐蹊想。

可即便是梦中,也无相逢。

第七章

你这么赖在将军府上，
是不是也对万俟哀有什么非分之想了？

❖

次日，林隐蹊从梦中醒来，前一刻还是司婶做的羊角酥，转眼就是小绿那张无比放大的脸。

林隐蹊甩开手，迷迷糊糊地嘟哝："小绿，别吵了，你让我再睡会儿！"

"小姐，你快起来啊！"小绿扑上床去拉林隐蹊的胳膊，"这里可不比林府，你刚过来，府上的人总得出去熟悉一下啊！"

林隐蹊猛地睁开眼，是哦！她已经嫁到将军府了！

记忆如潮水般汹涌而来，林隐蹊顿了顿，坐起身来，淡淡地应了声"哦"。

小绿哭丧着脸："小姐，你怎么一点也不急啊！"

林隐蹊莫名其妙地看着她，等着她说出下文。

"昨天小姐大喜的日子，我还以为将军最起码晚上会过来，可是他自始至终都没有出现，现在外面的下人们对此事议论纷纷，小姐你怎么还睡得这么安心！"

林隐蹊无所谓地揉了揉眼睛，声音还带着些起床的倦怠："这个事啊，没什么大不了的，反正我本来也不是心甘情愿的，这样不是更好！"

"可那些下人……"

"哎哟，没事啦！"林隐蹊打断了她，那些嘴碎的人说了什么她昨天也算是见识过了，若是连那些话都承受不了，以后的路那么长要怎么混下去！

"小姐……"

"好了！"

林隐蹊板起脸，小绿立刻不敢说话了。

不过小绿说的话也有道理，即使没有拜堂，好歹她也是住到这将军府上了，于情于理，这里里外外自然也要熟悉一下。只是……林隐蹊微微蹙眉，若是这事传到了林府，那么爹和娘他们……

"小姐，"小绿晃着她，"我说你最近怎么总爱走神。"

林隐蹊白了她一眼，从床上下来，房间里的喜字还没有撤去，红帐红帷幔挂满了房间，桌子上还是些昨天端上来的零嘴糕点，就连杯中酒也是满满两杯。

"这些都收了吧。"林隐蹊叹了口气，"总觉得这房子太暗了，我们花些时间把它收拾收拾，既然是要住上一段时间就要住得舒服点……"

小绿刚想说什么,却看见林隐蹊已经撸起袖子动起来,便也只好作罢。

转眼已是午时,小绿端了些菜来。

菜是小绿托厨房新做的,简单的荤素搭配,虽然比不上司婶的手艺,但也合口味,看来也并没有完全不把她这个皇上钦点的将军夫人放在眼里。

况且,还有这曼妙的琴声相伴。

琴声?林隐蹊一怔,停下筷子,仔细听。

一阵微风轻抚,从不远处传来的缕缕琴声,缥缥缈缈缠绕过来,絮语千言数不尽。

这明安城还真是风雅姿蕴,藏着无数能人志士。昨天刚遇到百年难得一闻的箫乐,今天又有幸听到如同仙乐般的琴声。若是琴箫和鸣,这必当是只应天上有的神曲才是。

"哪儿来的琴声?"林隐蹊问道。

小绿闻之一愣,随即摆着手:"小姐,这可不是我安排的!"

林隐蹊白了她一眼,当然知道不是你安排的。

"可能是住在寰湘苑的拂衣小姐。"小绿弱弱地解释。

"拂衣?"

"嗯,我听府上的人说,是将军两年前出征从沙场带回来的女子。"小绿看了看林隐蹊,"人长得美不说,琴也弹得极好,将军就是因为喜欢听她弹琴才……"

小绿顿了顿,话锋一转:"不过那又怎么样,小姐你比她美多

了!况且我更喜欢看小姐跳舞,将军也只是当那拂衣是琴姬又无家可归才让她住在府上的!"

林隐蹊戳了戳她的脑袋,语气无奈:"你最近怎么话越来越多,我又不关心这些!"

"哦……"

"不过……"林隐蹊眼里忽然闪出贼亮的光,"我们待会儿去见见她。"

"为什么?"

林隐蹊神秘地笑而不语。既然荆楚托她找的青鸾玉在将军府上,将军府又这么大,那么仅凭她一己之力定是没有办法,说不定花上大半年也毫无头绪。所以要找线索,须得从各个方面开始行动。

况且……林隐蹊看着小绿:"你不是说,我刚来这里,这将军府上的人总要熟悉下吗?"

哦!小绿恍然大悟。

寰湘苑和林隐蹊住的秋苑隔得不远,绕过一个荷花池就到了。林隐蹊昨天回来得晚,并没有注意到这里还有个苑子。

稍稍隔得近了,这琴声听得也更清楚了些。

林隐蹊站在寰湘苑的门口,这个地方和她住的还真是不一样,进门便是一个院子,种满了花花草草,香味却是不同于别处的清香。林草掩映之中,曲径通向另一边的一个亭子。

亭子里坐着的,便是那抚琴的女子,拂衣。

一袭粉色纱裙,显得身材玲珑娇小,如墨的发丝更衬得肤色皓白如月；十指素净纤长，如柔风般拂过琴弦，便是一阵悦耳之乐。

一旁的侍女看到她们，准备上前通报拂衣，林隐蹊将手指贴于唇上示意不要打扰。小绿却兴奋难耐地凑过来："小姐，那旁边的婢女是小春，我今早见过她了，人超级好的！吩咐厨房做菜的时候就是她帮忙的！"

林隐蹊瞪了她一眼，却还是没有来得及，琴声已经停了下来。

"叫你安静点，待会儿可不能再乱吵了！"林隐蹊嘱咐着她，一边笑意盈盈地往亭子那边走去。

拂衣看过来，一双眸子如盈盈秋水，楚楚动人的样子甚是惹人怜爱。就连一向无拘束的林隐蹊也不自觉地放软了声音，她欠着身子作揖："姑娘抱歉，我是隔壁秋苑的林隐蹊，听到姑娘的琴声犹如仙乐，不自觉地就被引过来了，并无意打扰到姑娘。"

拂衣走过来，轻扶起她，低眉浅笑："姑娘说笑了，是我这嘈杂之音扰了林姑娘的耳朵。"

"没有没有！我是真的觉得好听才来的。"林隐蹊急忙摆手。果然，还是装不过一小会儿，立马就失了礼节。

拂衣扶起袖裾掩嘴轻笑："林姑娘甚是可爱。"

林隐蹊还是头一次这么被夸，有些不好意思起来，偏偏小绿也在旁边低着头偷笑。林隐蹊瞪了她一眼，又朝着拂衣笑道："我听我家小丫鬟说了，今日厨房之事还要谢谢拂衣姑娘了。"

拂衣侧头看了眼一旁的小春，淡淡笑道："举手之劳而已，林姑娘以后若是有什么事也可以来我这里坐坐，若是能帮得上什么忙，也算是为将军……"

林隐蹊看见拂衣眼里一闪而过的慌乱，没能等她继续说下去，便又听见一道清丽的声音响起。林隐蹊看过去——来人穿着一身大红色的蝴蝶裙，裙裾落地，蛾眉横翠粉面生春，举手投足尽显妖媚。林隐蹊不自觉地泛起一身疙瘩。

　　"哎哟，我说呢，这将军府上的琴姬今日怎么又坐不住了出来扰人清净，却原来是我们将军未娶的林姑娘来了啊。"

　　林隐蹊皱着眉头，一句话就勾起了她的厌恶，只听得小绿在她耳边窃窃说道："小姐，这是茗香姑娘……"

　　管她是什么姑娘呢！林隐蹊目露不善地看着茗香。

　　茗香却面不改色地走过来，一脸挑衅地看着林隐蹊："怎么，昨天服侍将军还满意吗？"

　　林隐蹊气结，扯着嘴角笑道："我与将军尚未见面……"

　　"呵，我说你怎么这么闲呢！"这一说正中茗香下怀。

　　看来她是特地过来讽刺自己的，林隐蹊淡淡地回视她。

　　一边的拂衣连忙维护道："拜堂这事左右不过一个礼节，既然是皇上下旨，那林姑娘无论如何也是将军夫人。"

　　这一说却激怒了刚刚还一脸得意的茗香。

　　"将军夫人？"茗香讥笑着，"我看啊，左右也不过一个妾。"

　　茗香斜着眼角上下打量着林隐蹊，丝毫不减尖酸："将军夫人的位置，迟早是我姐姐的。就连你，"她又看向拂衣，"你以为你是如何能来这里的，还不是因为会弹我姐姐的几首曲子。否则的话，这里有你说话的份儿？"

　　林隐蹊大抵有些明白了，没想到一个小小的将军府就已经争风吃醋到这个境地。她盯着茗香，忽然笑了起来。

茗香瞪林隐蹊："你笑什么？"

"笑你也不过是仗着你那个姐姐罢了，有什么好得意的？你姐姐迟早是将军夫人那也是你姐姐；而你，这辈子也不可能是将军夫人。"

"你！"茗香气结，"你也别指望将军会喜欢你！"

林隐蹊轻嗤了一声，看着茗香气急败坏地离去，换了张笑脸转身朝着一旁默不作声的拂衣告辞："今日叨扰，还请姑娘不要介意，我们就先不打扰姑娘了……"

拂衣颔首："林姑娘路上小心，以后若是得闲，不嫌弃的话，还请林姑娘多来我这里坐坐……"

林隐蹊点头应允。

回去的路上，林隐蹊打发走在旁边叽叽喳喳不停的小绿，自己在将军府里四处转悠。这地方，总要熟悉一下，才能方便日后做一些本职上的事嘛……

她路过荷花池，三月的季节，湖面上还有一些漂浮的荷叶，波光粼粼的空隙间倒映着两岸的桃花。池边一座乳白色石头堆砌而成的小石亭，在这层层叠叠的绿之间显得格外显眼。

林隐蹊呆呆地往小石亭走去，脑袋里却一直想着那个茗香刚刚的话。

如果真的是那样，那万俟哀不肯与她拜堂成亲，是因为要娶茗香的姐姐？

可是那也不能这样置她于不管不顾啊！而且这个将军既然有心上人，为什么要答应这门婚事？皇上那么宠他，就让他和心上人成亲好了啊，为什么要扯上林家？

林隐蹊嘀咕着，不免对此事有些愤慨，一时没注意到前面忽然出现的身影，一头撞了上去……

"投怀送抱？"熟悉的声音从头顶传来。

林隐蹊一惊，待看清楚来人更是没好脾气："明明是你忽然冲过来的好吗！"

荆楚却一脸不以为意："是吗，我不记得了。"

这种人！林隐蹊气结，忽然想到什么似的，瞪着杏仁般的眼睛打量着荆楚，语气揶揄："你不会也是来争宠的吧！"

荆楚皱眉："你是想把我收入你的后宫？"

"你在说什么啊！"林隐蹊双手环起胳膊，斜过眼看他，"我看这将军府上，个个都在为了万俟哀争风吃醋，你又这么赖在将军府上，是不是也对万俟哀有什么非分之想？"

荆楚不屑。

"看吧，果然是这样，所以你才在这里眼红我与万俟哀的婚事，对我百般刁难！"林隐蹊一脸看破真相的表情。

荆楚嘴角抽搐着，暗叹现在的小姑娘都是看什么长大的！他将手搁到林隐蹊的头顶按住她，微弓着腰平视着她的眼睛，语气里透着一丝无奈："那你觉得，你和我，万俟哀会选谁？"

"我又没见过他，我怎么知道他是不是喜欢你这样的！"

"哦。"荆楚像是发现了什么不得了的事情，打趣道，"昨晚的洞房之夜，你独守空闺了？"

　　林隐蹊回瞪他，这人明显就是早知道的表情，现在却故意嘲笑她！她一把拍开他的手，正准备反驳，却又听他漫不经心地说道："早知道，我就勉为其难……"

　　"住嘴！"林隐蹊又红了脸，却还是故作镇定，"你放心好了，我不会和你抢万俟哀的！所以你也不用再为难我了！"

　　荆楚淡淡地瞥了她一眼："你偷盗本事极差就算了，没想到人也不怎么聪明！"

　　"你！"

　　"不过没关系，"荆楚忽然靠近她，两人隔得极近，温热的气息瞬间压出了林隐蹊即将爆破的情绪，他忽然扬起嘴角笑得邪魅，"我还是对你比较感兴趣。"

　　"……"林隐蹊觉得这是给自己挖了一个坑。果然，在对付荆楚这件事上，她是战一次输一次，却还没有丝毫长进。

　　可是，斗不过，又躲不过。

　　荆楚看着她忽然不说话，也不再逗她了，直起身子沉声道："青鸾玉的事，找得怎么样了？"

　　林隐蹊抬眼看他，移开目光万般不情愿地开口："不怎么样！差点没被你们一群人气死。"

　　荆楚好笑，一手拨弄着路旁齐腰的草木问她："将军府上的那两名女子，底细你都知道了？"

　　林隐蹊不说话——什么底细！也只不过知道一个善琴，一个善妒而已。

"青鸾玉在拂衣那里。"荆楚也不多说,林隐蹊有些惊讶地看着他,他又淡淡说道,"北疆青鸾、北地夷女,那青鸾玉也是不久前才到将军府的。"

林隐蹊微微蹙眉,拂衣是万俟哀去北边征战的时候带回来的,那青鸾玉既然一直是北疆的宝物,那么也只能在拂衣那里了。可是,拂衣怎么会有北疆之宝?

她还是有些不明白,可看向荆楚时,他却正靠在石栏上拿石子往池子里扔,一副百无聊赖的样子。她顿时气就不打一处来,既然自己知道为什么还要她去找?

林隐蹊没好气地说:"那你自己去偷啊!你要是出卖色相定能事半功倍。"

荆楚侧头看她,也只是极淡地瞥了一眼,忽然走近她,声音压低:"你以为,所有人都跟你一样好福气,可以看到我的色相?

"乖,三天时间对你来说应该很够。"

没等林隐蹊说话,荆楚便足尖轻点施展轻功往北飞去。

林隐蹊愣在原地,看着忽然空无一人的小石亭。

所以,荆楚这是在命令她了?

可是为了红莲丹,不也只能这样吗!林隐蹊咬着牙:荆楚,你等着瞧,总有一天我会偷走你的全部!看你还能不能在我面前嘚瑟!

小石亭以北数百步的距离,丛林掩映之间,荆楚看着地上的尸体——那人身穿将军府家丁的衣服,黑血还在不断地从嘴角溢出。

很明显是中毒身亡。

在和林隐蹊斗嘴的过程中,他几乎是第一时间就注意到了他,可碍于林隐蹊在,只能先弹出石子封了他的穴道。可是等他赶过来,人已经这样了。

究竟是谁?是抓了这个家丁作掩护,还是某人以家丁的身份作掩护,已经不得而知。不过……荆楚蹙眉沉了沉眸,眼底闪过一丝狠戾,既然游戏开始了,他也只能奉陪到底了。

第八章

你可别忘了，
我们俩在山洞里……

　　林隐蹊来将军府已经四五天了，依旧没有见过万俟哀，就连荆楚在那日之后也没再来骚扰过她。

　　可是，林隐蹊却隐约感觉一直有人在暗中监视着秋苑。虽然不知道是什么人，但她也不敢掉以轻心，更不敢轻举妄动。敌在暗，她在明，若真是什么坏人，万一她一不小心露出马脚被发现就不好了……

　　正当她胡思乱想之际，小绿抱着些纸袋兴冲冲地进来了："小姐，这羊角花的种子我已经替你买来了！"

　　将军府上虽是花草成林枝繁叶茂，可都是一些从来没有见过的花花草草，散发出奇怪的味道，林隐蹊有些受不住了，还不如自己种一些羊角花，花开了还能做成羊角酥，所以托了小绿去买了些种子回来。

她和小绿抱着铁铲出来，刚放下东西便看见一道缓缓走来的娉婷身影。

"拂衣？"林隐蹊有些疑惑。拂衣怎么过来了？不过荆楚说青鸾玉就在拂衣身上，这算是自己送上门来了？

林隐蹊迎上去："拂衣姑娘。"

拂衣朝她微微一笑："突然拜访，不知有没有打扰到姑娘。"

"没有没有。"林隐蹊摆手，邀她进了屋子又吩咐小绿去准备了些茶。

"拂衣姑娘是有什么事吗？"林隐蹊为拂衣倒了杯水。这是她特地用羊角花泡出来的，也难得有机会能拿出来待客。

"过两日便是将军的生宴，林姑娘也应当准备一二。"

林隐蹊微愣，她记得以前在林府的时候，爹爹寿宴都是娘从头到尾一手操办的。

可是在这里……林隐蹊微微低下头，将手里的杯子搁在桌上，大概万俟哀真的是决意不要她吧！难道这不正是自己所希望的吗，可是为什么，还是会有些失落？

林隐蹊咬住牙，觉得这万俟哀太可恶了，明明不要她又不肯放了她！

"林姑娘？"

林隐蹊回过神来，看向拂衣。只见拂衣递过来一本有些旧了的小册子，边角都有些卷起。

拂衣笑道:"这上面是一支舞。我想,将军生宴那天,我奏琴你跳舞,不知姑娘觉得如何?"

林隐蹊莫名其妙地接过来,现在是要费力讨将军开心?

拂衣似乎是看出来了她的不甘愿,掩着嘴轻笑:"你总是要让他看见你的。"

两人说了一会儿话后,拂衣就起身告辞了。

林隐蹊呆愣愣地看着拂衣离开的身影,手里拿着那卷册子一时没回过神来。

好像,她又莫名其妙接下了一件麻烦事。

小绿走进来,大概是刚刚在外面也听见了一些,附到林隐蹊耳边嘀咕:"小姐你就听拂衣姑娘的吧,你跳舞那么美,到时候一定惊艳四座,说不定将军就对你刮目相看了!"

林隐蹊不屑:"谁稀罕。"嘴上这么说着,可她还是打开了那本册子。

泛黄的纸页上,淡淡的笔触勾勒出一段动人的舞姿,书上的小人活灵活现,似乎真的在她眼前动了起来。

还真的是一支好舞,林隐蹊叹道。

三日后,将军府会客大厅里高朋满座,名流云集。

说起来原本将军向来不喜欢热闹,所以很少弄这些排面上的事。这次却是因为太子图个热闹,亲自为将军筹备寿宴。

一个是皇上眼里的红人,一个是当今太子,一些稍明事理的官员便都不辞辛劳奔波而来。谁不指望着能巴结到这两个人呢。

林隐蹊看向拂衣，略带疑惑："太子？"

"嗯。"拂衣淡淡道，"太子与将军素来交好，从你们婚宴那日便从京城赶来将军府，一是为了将军大婚，再就是为了将军此次的生宴了。"

林隐蹊一愣：难不成，是那个荆楚？

愣怔间，拂衣唤她："该准备准备了，快随我来吧。"

林隐蹊以纱遮面，乌黑的长发垂至腰际，头上仅戴了一支莲花簪，一袭粉色的衣袍，腰间配着淡粉色流苏绢花，额前的刘海随意飘散，隐约能看见眉间绯色的莲花印记，衬得整张面容显出几分娇俏灵动。她随拂衣站在客厅中央，微微颔首，一抬眸，却惊得差点说不出话来。

是他！

那坐在次席上一袭白袍如雪面冠如玉，与她在长亭有过一面之缘的人，居然就是万俟哀！

她也曾寻他几次，却怀疑是黄粱一梦，如今他正衣衫不改旧容颜地坐在她面前。

他以手执茶，温润如水，却自始至终未看她一眼。

林隐蹊杏眸微怔，却触到另一道带着寒气的目光——荆楚坐于主席之上，一身贵气，正凝眸看她。太子果然是他！

林隐蹊觉得此刻自己就像落在一个巨大的黑色匣子里，什么都看不见，只能一味地挣扎叫喊，可是外面的人却能将她所有的不堪收入眼底，如同在看一场戏，却都冷眼旁观。

林隐蹊轻笑一声，万俟哀早知道是她却不肯见她；荆楚贵为太

子,要什么没有?大概也从来都是寻她开心罢了……那么多的流言蜚语,心惊胆战,原来自始至终,她都是孤军奋战。

一旁的拂衣看她似乎有些不对劲,清了清嗓子示意她可以开始了。

林隐蹊深呼一口气,既然如此,也只能如此吧。

琴音渐起,云袖轻摆招蝶舞,纤腰慢拧飘丝绦,她轻拢长袖,足尖点地,凌空而转,玉手挥舞,荷色丝带从袖口中轻扬而出,整个大厅如同一片淡粉色花海,而她立于花海中央,灵动却不失优雅,宛如九天玄女误入凡间。

在座一片哗然,有人拍手叫好:"没想到将军府上还有如此舞姬,简直是大开眼界啊!"

随即不断有人附和着。

可是那人依旧不置一词,嘴角淡淡扬起一抹笑。

林隐蹊抿着唇,一曲舞罢,未作久留欠身告退。那席上的几人,她也不想再理了。

她如同逃命一般逃出了那个地方,她可不想继续在那里自取其辱。明明用心良苦,却不知道是跳给谁看的。

将军府上的亭子格外多,林隐蹊乱晃着,早就不知道自己身在何处。也好,反正总待在秋苑也怪闷的,趁机出来透透气也好。

忽然,一阵清脆刺耳的笑声从背后响起来,林隐蹊不用回头也知道,除了茗香也没人连笑声里都透着一股骄纵。

她淡淡地看着茗香,并不打算拗那些有的没的礼节,既然这么远跟过来,一定又想羞辱她了,她面无表情地等着茗香开口。

茗香捂嘴娇笑着："哎哟，我说你这是何苦呢？跳得再好也不过是大家嘴里的一名舞姬。"

林隐蹊看着她，一脸不屑："反正那些人也不过是我眼里的一群杂碎。"

茗香一愣，没想到林隐蹊会这么牙尖嘴利，语气着实有些急了："林隐蹊，你可知道这支舞是谁的？这是我姐姐的舞，你要是想凭借这支舞来博取将军的喜欢，那你也太傻了！你跳得再好，也终究不过是我姐姐的替身而已！"

"那又如何？"林隐蹊眸光里带着寒意，"你连替身都做不了，再怎么卖弄风骚也只能做一只寄生虫而已！"

"你！"

林隐蹊笑着，她从来就不是什么好人。从小到大，敢来和她作对的，还没有一个能有好下场……除了荆楚。

说起荆楚，林隐蹊气又不打一处来，这个人知道她的全部，可是她居然连他的身份都是才知晓。这个账一定要好好算清楚！

茗香又一次在她这里碰了软钉子，气急败坏走的时候不忘恶狠狠地抛下一段话："林隐蹊，你等着瞧好了，等我姐姐回来了，你也不过是将军府上的一个摆设！哼——将军府上的昙华林就是将军对我姐姐情意的见证，你要是去了，不用等到我姐姐回来，我怕你自己都会默默地离开！"

林隐蹊莫名其妙又同情地看着茗香，既然她对万俟哀的执念这么深，为什么不默默地离开？

本来的闲情逸致全被茗香搅没了，这里也不想再待下去了。她

腾起身子往上飞，准备回秋苑，却被北边的一座山吸引住了目光——

看样子这是连着将军府的一座小山林，放眼望去一片苍翠，竟显得有些幽深可怖。

林隐蹊趴在树干上看着那片林子，那里，不会就是茗香刚刚说的昙华林吧？

那个地方能有什么东西可以见证感情的？她忽然想起之前从万俟哀那里偷走的盒子，说起来，还是那盒子更能证明点什么吧。

林隐蹊心里漫过一阵低落，想了想，还是决定去看看。

她轻身落在山口，一条幽静的小路通往林子深处，路口的石碑上龙飞凤舞地写着三个字：昙华林。

林隐蹊在石碑旁站了一会儿，终究还是说服不了自己离开，于是沿着那条小路往里走去。

阴凉的风从四周扑面而来，带着阵阵寒气蚀骨销魂。周围都是葳蕤繁茂的树，地上铺满了落叶，偶尔有鸟飞过，惊起林隐蹊一身冷汗。

越往里走，她便越觉得无力。

可是，都已经走了这么一大半了，也不能半途而废不是？

忽然，一阵巨大的躁动声从不远处传过来，林隐蹊停下步子，戒备起来。听声音，不会是野兽吧。

难不成这小山上还有野猪？

林隐蹊凝起内力，以她的功夫，一般大小的野猪还是可以对付的，最起码打不过也跑得过。

可是那声音眨眼工夫却突然出现在身后。这么快！林隐蹊猛然回头，茂密的丛林间，一双碧绿的眼睛闪着晶亮的光。一声长啸，它径直朝着林隐蹊扑过来，伴随着一股巨大的气流而来。

林隐蹊借着旁边的枝丫腾空而起，侧着身子往后退，这才借着光看清楚它的样子：这哪里是什么野猪！分明是一只怪兽，长相像老鼠，但身子巨大得很，堪比一只成年狗。它全身火红的皮毛，眼睛闪着碧绿的光，嘴角的獠牙露出来，速度极快地攻击她。

这到底是个什么东西？！

林隐蹊来不及多想，那怪兽的速度以及敏捷度都远在她之上，关键是它的跳跃高度似乎都能超过她。

林隐蹊朝来时路狂奔而去，一刻也不敢回头。可匆忙之间，有什么东西从袖口掉出来，林隐蹊一惊，是万俟哀的盒子！

那是要还回去的！林隐蹊回过身，匍匐在地上借着力往那怪兽的方向滑过去，手刚好碰到了盒子。林隐蹊紧紧抓住那盒子，还好——可没来得及起身，便被那怪兽的爪子钩住了肩膀。

钝痛从肩头蔓延，林隐蹊咬着牙，看着那怪兽挥舞过来的另一只爪子，紧紧地闭上了眼睛……

阳光透过密密麻麻的树叶洒在她的脸上，迷糊间她似乎看到一袭淡蓝色的身影，从那光中缓缓而来。

接着，便是那怪兽刺耳的长鸣……

失去意识前，熟悉的味道裹满了全身，还好，是暖的。

林隐蹊没想到自己还能醒过来。

她猛地睁开眼睛，冰凉的石壁、潮湿阴冷的空气，好像是一个

山洞。她试着挪动身子，却扯得肩膀上的伤口一阵生疼。

"醒了？"

林隐蹊一怔，还有人！

她转头看向声源处——荆楚正靠在一边的墙壁上，依旧是不染纤尘的模样，在这样的地方还能这样眉目如画。

林隐蹊咂舌，看着自己的狼狈，没好气地哼哼两声。

荆楚白了她一眼，走过来："你倒是不知死活，茗香说了两句你便跑过来，你是没长脑子吗？"

"我只是觉得好玩而已……"林隐蹊这回却说得没什么底气。见荆楚没有接话，便怯怯地问，"我们这是在哪里？"

"别问那么多，你只要知道你在我身边就可以了。"荆楚语气淡淡的。

林隐蹊听着外面的鸟语花香，想活动一下身体，便被荆楚按住了肩膀上的伤。

"嘶……"林隐蹊疼得一叫，"你干什么？"

"现在知道疼了？"荆楚兀自撕开她肩上被血染红的衣物，衣衫连着伤口被扯得剧痛。瞬间，雪白的肩头便暴露在冰凉的空气之中，她顿时脸色大臊，想挪着身子往后退，却又被荆楚按住了。

她别过脸怯怯地开口："我……我自己来。"

荆楚淡淡地看了她一眼："你身上还有什么是我没有见过的？这个时候害羞什么？再说，你的伤口不马上处理的话，就麻烦了。"

林隐蹊微愣，想起之前在客栈初遇他的那些事，脸上不禁一阵燥热。还没反应过来，荆楚便伏下身子，冰凉的唇已经覆上她的伤口……

心跳骤然停止，她下意识地想挣开，却被荆楚箍得更紧。

这是，在替她……吸毒？难道她中毒了吗？

寂静的山林，水滴顺着石壁缓缓低落在岩石上，形成一个小小的水洼。林隐蹊听着水滴，听着自己的心跳，微微咬着唇，似乎连呼吸都不敢放肆。

风吹动着两人的发丝交错飞舞，撩在林隐蹊裸露在外面的皮肤上，酥酥痒痒的。

荆楚起身，林隐蹊看着他，他的唇上沾着些鲜红的血，衬得他如玉的面容格外妖冶。

他忽然扬唇一笑："疼？"

林隐蹊略显尴尬地别过脸。

荆楚似乎并不在意，淡淡地开口："这火鼠爪上有毒，我来得有些晚，估计一小部分已经侵入血液，刚刚已经喂你吃下一颗药，大致是能逼些毒出来，其余的就要靠外力排出来了。"

林隐蹊低着头刚想说谢谢，荆楚灼热的气息却忽然喷过来。林隐蹊抬眸，她与他隔着一寸不到的距离，她微愣，随即一脸防备："你要干什么？"

荆楚好笑，她似乎认定了他不怀好意，总是对他诸多防备。

"你想我干点什么？"

"无聊！"林隐蹊瞪过去，刚刚心里柔软的谢意又被他这不怀好意的笑扫得荡然无存。

"很好。"荆楚撕开自己内襟的衣服,绕在她的肩头为她包扎伤口,"我暂时也不想对你干些什么。你的第一个吻,就好好收藏起来。"

林隐蹊脸一红,抿着唇没有再说话。她静静地看着荆楚修长好看的手指在她肩头绕来绕去,那小心翼翼的样子倒真让她觉得有种被呵护的感觉。

她心头一热,怔怔地看着荆楚。

林隐蹊不得不承认,在她醒来的那一刻看着这漆黑潮湿的山洞,着实吓到了。从小到大她虽然浑,却也是被林家捧在手心里长大的千金,这样的生死之苦未曾受过。可是这一次,在那火鼠爪底的那一刻,她是真的害怕了。

也许人在这样的环境下容易脆弱,加上身体上的疼痛无力,所以现在站在她身边的荆楚,就成了她唯一的支柱。

"这么好看?"荆楚注意到她的目光,微微挑眉。

林隐蹊却没有像之前一样立马移开目光,依旧看着他。

她顿了顿,说:"荆楚,你是太子。"

不是在询问,也不是在向他确定,只是简单的陈述。她说,荆楚,你是太子。可你既然是太子,为什么会出现在这里?为什么要在这样的地方,做这样的事?

林隐蹊忽然想起来,那只巨大的火鼠扑向她的时候,将她拉出来的是他;她因为失去意识沿着断层滚落山林的时候,护着她的也是他;当她从混沌中醒来的时候,看到的,依旧是他。

荆楚伸手为她拢好衣服,眉眼间是一片深不见底的幽暗,说出的话却是一如既往的戏谑:"既然你也知道,那么你只需要好好记住,你这条命是我救回来的,以后,你就是我的人了。"

林隐蹊低头,果然,这样的人做事大概永远是看心情的。也许刚好只是碰见他心情比较好,所以才顺手救了她。

林隐蹊强行收起自己有些泛滥得刹不住的情绪,刚抬起头,却被荆楚突然捏住下巴,强行塞了一颗药丸到她的嘴里。

林隐蹊闷哼一声,药丸却已经顺势滑了进去。

"什么东西?"她皱着眉头,手还扶在喉咙上。

荆楚却眉眼淡然:"都敢只身闯到这里了,还怕我给你什么毒药吃不成?"

末了,荆楚又补充了一句:"运气。"

林隐蹊看了他一眼,有些不确定地照他所说的凝神运气。气沉丹田,忽然感到周身一片温热,似乎有什么气流从丹田处喷涌而出,漫过周身脉络,四肢完全不似刚才的酸软,伤口也没有那么痛了。

难道是……好心就好心,干吗摆出一副不可一世的表情!林隐蹊低声说了句谢谢,也不知道他听见了没有。

荆楚站起身子,背对着她往山洞外走过去。林隐蹊心下一慌:"你去哪里?"

"难不成你想与我在这个地方过完余生?"荆楚停下步子,侧过头,眼角的余光落在身后的林隐蹊身上。

也是,毕竟不能在这里一直待下去不是。她握了握手,觉得能使上些力气,便准备撑起身子站起来……

可还是有些高估自己的能力,她脚上一滑一个趔趄差点又摔下

去，慌乱之间摸到了什么扶手才稳住身形。她看了眼依旧站在前面气定神闲的荆楚，微微恼道："你就不能扶一下我！"

荆楚淡淡瞥了她一眼，却还是没有行动。

林隐蹊泄了气，自己走就自己走！她还没迈出第一步，荆楚忽然伸手环住她。

林隐蹊一惊，尖叫还没来得及叫出口，他的手掌便落在她的腰侧，温热的力度透过薄薄的衣袍传过来。他足尖轻点带着林隐蹊往林子外飞去，她紧紧抓着他的袖子，半边脸微微靠着他的胸襟，还能闻见他身上淡淡的好闻的味道。

林隐蹊想挣开，却觉得荆楚又故意提了速度。她刚恢复力气，哪里受得住这样的折腾，只好抓得他更紧了一点。

好不容易到了秋苑，林隐蹊挣扎着："你快放下我，会被人看见的！"

荆楚带着她慢慢落地。

林隐蹊从来没有哪一刻比此时更眷恋脚尖落地的触感，她慌忙从他怀里挣开，却见荆楚一脸冷笑地看着她："万俟哀自始至终没有来看过你，你还会在意自己在他府上的名声？"

说起这个，林隐蹊便有些失落，好歹自己也是认真努力过的！她瞪向荆楚："要你管！"

荆楚骤然俯下身来，两人隔得极近，他语气暧昧："你可别忘了，我们俩在山洞里……"

"闭嘴！"林隐蹊咬牙切齿，狠狠闭上眼，似乎想拼命忘记那段略微羞耻的记忆。

就算刚才觉得他有一点点的好,那也只是自己太过无依无靠才泛滥起的情绪。这个人,自始至终给她的感觉都是怒火翻腾。

荆楚轻笑了一声,忽然伸出手,轻弹她的额头。

林隐蹊一怔,瞪圆了眼睛,呆呆地说不出话来。还没等她回过神来,荆楚已转身离开,转瞬便消失无踪了。

林隐蹊揉了揉自己微微红起来的眉心,眼里怒意不减,朝荆楚走的方向喊道:"疼死我了,你个挨千刀的!"

第九章

他的背影融于皎洁的月光之中,
却又如月光般寂寥。

◆

回了秋苑,小绿慌慌张张地迎上来:"小姐,你去了哪里啊!将军生宴结束后我到处也找不到你,可把我给急死了!"

林隐蹊有气无力地绕过她坐下来,虽然伤口没那么疼了,可是折腾了一天,而且差点就死掉了,精神上还是受了很大刺激的。

她打发小绿去准备热水,回到内卧换衣服。

肩膀上的伤口被包扎得很好,血渍也被清理得很干净。可是,越是这样却越觉得还有那个人的味道。

她缓缓将布条拆开,血腥之气扑面而来,大概是药效过了。

忽然,一阵开门的声音。

林隐蹊以为是小绿回来了,喊了几声,却没有听见小绿的回应。

她随意套了一件衣服走出去,才看见站在门口的是一袭白袍的万俟哀。

林隐蹊一愣，裹紧了衣服，布料摩擦着伤口隐隐作痛。

她轻咬着牙，看向万俟哀。

万俟哀眉目淡然，依旧如长亭初见时的温润如画，明明站在眼前，可眉眼之间却仿佛隔着万水千山。

他在那里站了一会儿，饶有兴趣地环视着房内一些莫名其妙的小玩意儿，在看到书架上那个有些奇怪的多面体盒子时，他微微蹙起眉。

林隐蹊心下一惊，他怎么会突然来了！难不成是来找她睡觉的？她被自己的想法吓了一跳，却也只能硬着头皮行礼："将军……"

"刚刚差人通报，你似乎并没有听见。"万俟哀看见她出来，淡淡开口。

"可能……可能……"林隐蹊一紧张，有些说不出话来，却又不知道往哪里扯，"可能我没有听见……"

那肯定是自己没有听见了，林隐蹊在心底嘲笑着自己的愚昧。

万俟哀的目光并未在她身上停留，他淡淡地应了声，便自顾自地坐了下来。

林隐蹊一直低着头，墨玉般的眼珠子在眼眶里转来转去，但无论如何也想不到避开万俟哀的法子。

难道，要让他知道自己受伤了？

可是又不能告诉他实情，这伤未免也来得太莫名其妙了。

"你受伤了。"万俟哀说得云淡风轻，惊醒了正在纠结的林隐蹊。

林隐蹊一顿，随即反应过来，手足无措地扯着谎："也没什么事，就是不小心撞到了。"

　　至于怎么撞到的，还能撞到肩膀这样的地方，万俟哀似乎并不怎么在意。他将目光移向别处，再开口时却已经是别的话题："这地方，被你布置得不错。"

　　林隐蹊一怔，才知道他说的是这房间的布置。

　　这还是上次和小绿一起弄了好几天的成果，不知道万俟哀是在夸她还是在责怪她多事。她有些尴尬地笑了笑："就是觉得太暗了……"

　　万俟哀没有再多说话。

　　林隐蹊怯怯地看了眼他，她觉得两人之间的沉默在此时十分尴尬，偏偏万俟哀不以为意，依旧一脸的风轻云淡。

　　林隐蹊看着他的目光落在桌上刚刚煮的羊角花茶上，连忙狗腿地跑上前去，手脚慌乱地拿起桌上的茶壶给他斟了杯茶，随后像小丫鬟一样规规矩矩地立在一旁，一动不动地看着他好看的手缓缓执起装满茶水的白瓷茶杯，将茶水沿着杯沿渡于唇舌。

　　林隐蹊双眸跟着转动，甚至吞咽的动作也同步得很到位。

　　那一刻她忽然有些期待，这样的万俟哀会看一次她的眼睛，会笑着告诉她，这茶很好。

　　可是万俟哀放下茶杯，唇上不染一丝茶水。明明茶水温热，可他开口时，却还是冰冷且不带一丝感情。他说："那支舞，以后不要再跳了。"

　　林隐蹊微愣，表情僵在脸上。

什么叫那支舞以后不要再跳了?

她忽然想起来茗香说过的话,她说那支舞只属于一个人。因为只属于那个人,所以有关她的东西都不想被任何人代替?

林隐蹊眉眼黯然地看着他,原来,他真的有一个很爱很爱的人。她不知道那个人有多么好,却知道,在他眼里,大概整个天下都不及她的眉眼。

也许吧。林隐蹊忽然有些羡慕那个女孩子,不管身在何处,总有人惦念,有人会默默守着有关她的全部。

被爱,真的很难得;可去爱,又是如此寂寞。

林隐蹊微微蹙起眉,看着万俟哀眼里一瞬的千山万水,想说什么,却还是闭了嘴。

万俟哀淡淡地看了她一眼,隐去眼底的表情,随即站起身轻拂衣袖:"早些休息吧。"

他走到门口,侧头看了眼似乎还愣在原地的林隐蹊,顿了顿,似是犹豫了一下,才又补充道:"那茶……很好。"

林隐蹊蓦地抬头,僵了一下,有些茫然地看着万俟哀走出去。

他的背影融于皎洁的月光之中,却又如月光般寂寥。

林隐蹊呆呆地趴在桌子上,脑海里万俟哀的背影似乎怎么也挥之不去。

他真的说了那句话吗,还是自己听错了?

"林姑娘。"

门外有陌生的声音响起,林隐蹊一怔,从凳子上跳起来。

"谁？"

"属下品良，奉将军之命来给姑娘送药。"

品良，难道就是那个万俟哀的贴身侍卫？林隐蹊隐约记得好像听小绿说起过。她打开门，一阵寒气扑面而来，品良一身戎装站在门口，双手捧着药瓶递到林隐蹊的面前。

林隐蹊怯怯地接过来，心里却暗自腹诽，这还真是万俟哀的侍卫，主仆都是一样面寒心冷的样子。

"这是将军平时上战场时用的金创药，姑娘内服加外用，一日三次，伤势很快便会好转。"

"嗯，谢谢。"林隐蹊微微点头，有一阵暖流划过心头。

品良说完便告退了。

林隐蹊握着手里的药，微微有些出神，原来万俟哀眼里也不一定全是一个人，哪怕是余光，她也能在视线范围之内吧。

"小姐！"小绿不知道什么时候忽然出现，似乎有些着急。

林隐蹊斜着眼看过去，却看见她正眼巴巴地望着品良走掉的方向，眉眼间一片黯然。林隐蹊狐疑地盯了她半天，终于开口："你看什么呢？"

小绿一惊，眼神闪烁："我就看品良是不是把药给你送来了！"

"那你看我不就好了？"林隐蹊不依不饶，这鬼孩子，定是藏了什么心思，今天一定得挖出来。

小绿咬着唇，好半天才憋出来，却有些语无伦次："是刚刚在路上碰见品良要来给你送药，我说可以顺路带回来，他却说将军一定要他亲手送到，所以我就看看他是不是送来了……"

林隐蹊似乎明白了什么，恍然大悟，调笑着小绿："哎哟，你家小姐受伤这事你都不关心，倒关心起人家来了？"

　　小绿的脸憋得通红，赶紧转移话题："哎呀小姐，说起你的伤，快让我看看，我来给你上药！"

　　"少来了你，"林隐蹊撇开小绿进了屋，"我可不要养一个白眼狼，你要是不跟我说实话，就别跟着我了！"

　　小绿站在门口急得直跺脚，好半天才被林隐蹊逼着说了实话："就是前些天替小姐你上街去买东西的时候，我明明付了钱，那老板却死活不承认，路旁站着那么多人也没人肯帮我说话，只有品良他站出来了……我知道他也没看见，可是他说他相信我……"

　　林隐蹊咂舌："这就把你的魂给勾去了？"

　　小绿却一本正经起来："小姐，我没遇到过什么人，也没经历过什么事，可是遇见的那些人里，你是好人，品良他也是好人。"

　　林隐蹊诡异地笑着。

　　那一夜，她留了小绿一起睡，像小时候一样，紧紧地靠在一起。

　　月光透过窗口照进来，洒在小绿稚嫩的脸颊上，林隐蹊看着她睡梦中也不断扬起的嘴角，忽然也跟着笑了。

　　她悄悄地掀开被角，越过熟睡的小绿下了床，从衣服的内襟拿出那个盒子，淡淡的光晕下，盒子似乎又旧了一些。

　　林隐蹊将它装进书阁上的菱形暗盒里，像藏起一个秘密，又蹑手蹑脚地爬回床上。

　　月光漫长，漫过窗外层层的夜色。

　　她说，小绿，你看，其实一切也没有那么糟糕，他们都很好。

第十章

你堂堂太子，
就不能做一些太子该做的事？

林隐蹊有好些天没有见过万俟哀了，品良送药过来的时候没有提及，林隐蹊自然也不会问。

可是小绿有些不乐意了，她叫住刚准备离开的品良："将军为什么不自己过来？"

品良低头，自然不会透露自家主子的事情，却认真地答道："将军有他自己的事情。"

小绿还想说什么，却被林隐蹊拉住了。她朝小绿使了个眼色，警告小绿不要多嘴，否则倒显得自己有多巴不得他来一样。

太不矜持了。

小绿看了她一眼，乖乖地住了嘴，可林隐蹊一会儿没看住的工夫，小绿便又跑不见了，大概又是跟着品良出去了。

自从那一晚和林隐蹊说了这事之后，小绿便经常当着她的面明目张胆地跑出去。不管多久，回来的时候心情总是变得极好。

就她那点小心思，林隐蹊不用猜也知道，她必然是跟在品良的后面，瞅准了时机就出现在品良必经的路上，假装巧合地预谋着每一次邂逅。

这是林隐蹊教给她的。不过对于小绿来说，她也只会这点小心机了。

林隐蹊无奈地叹了口气，谁能挡得住一个怀春少女的心呢。

秋苑里又只剩她一个人。

胳膊上的伤没好，明明看起来也没多严重，却总觉得五脏六腑似乎有一股气，压着各大经脉，有点使不上内力。

可其余的也没什么事，荆楚也给看了，扔了两颗药给她后便没再过问，所以大概也没什么大碍，只是还有点后遗症而已，不过也因此只能一个人乖乖地待在秋苑养伤了。

这下更方便了荆楚，他时不时地跑过来，表面上是不动声色来送药，两人见面却又免不了一些嘴皮子上的争斗，结果自然是林隐蹊落得面红心跳，不自觉地就落进了荆楚的话套里。

若不是胳膊上还有伤，那天纷杂的事情和莫名其妙的自己倒好像是梦一样，再想起来的时候总觉得有些不真切。

林隐蹊蹲在秋苑的花圃里，给前些天种的羊角花浇水。虽然种得有些晚，没有赶上最好的季节，可是现在也含苞待放。

林隐蹊有些惊喜，正准备回房再找些肥料过来。

转过身，便又看见了荆楚。

他抱着胳膊靠在一边的树上，好整以暇地看着她，那眼神纯良无害，似乎只是在看一只宠物一样。林隐蹊瞥了他一眼，像没看见似的，绕过他径直走向屋子。

他总是这样神出鬼没，她已经见怪不怪了。

算起来还多亏了他，林隐蹊觉得现在的自己比以前淡定多了。

她拿着些肥料出来，荆楚依旧站在那里，见她不说话，状似无意地开口道："过了这么久，万俟哀始终没给出一个交代，你就不担心林府的人知道了这些？"

林隐蹊转头看他，眼神戒备。这个人，没事说起这个，一定又是要整出什么幺蛾子。

她也不绕弯子，直接问："你想说什么？"

"哦？"荆楚抬眉，"这会儿知道开口了？我还以为万俟哀给你的是迷魂药呢。"

林隐蹊拿着锄头铲着地上的土："反正比你的药好多了！"边说边狠狠地铲，好似把那土都当成了荆楚。

荆楚沉声一笑："那就好。"

他长腿微伸，迈开步子走过来，居然就这么陪着林隐蹊。

林隐蹊一脸惊愕，一转头，脸却触上了荆楚伸过来的手指。

"荆楚，你是不是太闲了点？"林隐蹊像只炸了毛的猫，语气愤恨又透着些无奈，"你堂堂太子，就不能做一些太子该做的事？"

"哦？"荆楚好笑，站起身，抚去肩头的一片叶子，"那你说说，太子应该干些什么事？"

林隐蹊想了想。在她看来，太子应该是整日为了国事操劳奔波的，可是她打量了眼前的这位太子，真不知道皇上是怎么想的，这样的人，整日游手好闲，国家交给他真的没关系吗。

太子应该干的事，林隐蹊挑眉看他："比如……"

"比如纳太子妃？"荆楚率先打断了她。

林隐蹊还以为荆楚终于找到了人生的真谛，赶紧说道："你要是喜欢，就赶紧去啊。"

"那我要是不喜欢呢？"荆楚反问。

"你要是不喜欢，就去干点你喜欢的事！"

"现在不就是我喜欢的。"荆楚从林隐蹊手里接过铲子，微微侧着头不怀好意地盯着她，语气调侃。

林隐蹊却忽然怔住了，蓦地将手收回来，脸莫名地红起来。

她定了定神，也许他的意思只是喜欢栽花种草而已。

荆楚嘴角带着笑意，栽花除草。明明是一样的动作，可荆楚做来却分外优雅，林隐蹊看着荆楚，他似乎也是真的闲。

她在旁边看着，稍作思考后便在一旁的石凳上坐了下来，一边喝茶一边晒着太阳，忽然有种在荆楚面前翻身做主人的感觉。

她在心底窃喜，却见荆楚放下了铲子，忽然开口："就这么希望我走？"

林隐蹊一愣，有些没反应过来，顿了顿之后仰着头回道："求之不得！"

可是，这并不是脱口而出的答案。

林隐蹊见荆楚没说话，微倾着身子试探性地望向荆楚，却见他扬起嘴角轻声一笑："很好，我今天就是来跟你告别的。"

"你要走了？"林隐蹊脱口而出，语气带着一丝难以置信，随即又有些了然，这也很正常不是嘛，他好歹也是个太子。

荆楚眼神戏谑地望向她："舍不得？"

林隐蹊别开目光，望着一边被风吹得有些摇摇晃晃的枝丫，缓了一下才开口，语气透着一丝倔强："我巴不得！"

荆楚缓缓走过来，又伸手弹了一下她的额头，俯着身子平视着她："很好，希望我回来的时候交给你的任务已经完成了。"

"你还会回来？"林隐蹊瞪着眼睛。

"放心吧，"荆楚忽然靠近她的耳边，语气轻柔，带着蛊惑，"我不会让你寂寞太久。"

林隐蹊心下一顿，随即伸手推开荆楚，却被他一手捏住了手腕，他的另一手握住她的腰肢，微微用力便将她压向他。

林隐蹊一愣，抬起头，便对上了他那双墨玉般的眸子。

眼看着两人越靠越近，荆楚微微扬起唇轻笑一声："就这么期待？"

林隐蹊回过神来，呼吸一滞，随即咬着牙铆足了劲推开他。

荆楚踉跄着往后退了几步，稳住身子，笑着看她，语气竟是前所未有的柔和："你的第一个吻，要好好收藏。"说完便迈着步子转身离开。

林隐蹊气急败坏地站在原地，顿了一下才反应过来，忽然朝着他喊起来："荆楚，你个浑蛋，最好不要给我回来！"

可喊完却又觉得奇怪，这个样子，怎么像老牛家的牛夫人和老牛吵架时的样子……

明安城外的马车上，荆楚凝着眉，脸上泛着不正常的颜色。

暗卫抱拳作揖跪在一旁，低头道："主子，那日尸体的身份已经查到了。果然如主子所料，是南蛮人。"

荆楚似乎在极力克制什么，额角有汗渗出。可转瞬，表情却一如平常，他点了点头，沉声开口："另一件事呢？"

"三日后飞天教的教主将如期赴约。"

"嗯。"马车蓦地一震，荆楚眉头一拧，喉咙泛起一丝腥甜。

暗卫一惊："主子！您自小身中剧毒，必须靠着那些露丹才能借以镇住毒性，可那露丹却又是集合了各种珍惜药材经过多道程序才制得，本身就稀缺，您为何要将那些露丹给那林家的……"

荆楚凝眉，眼神忽然变得冷峻："你话有些多了。"

"可是主子……"

"下去。"荆楚沉声呵斥。

暗卫略一低头，不敢再忤逆，躬身告退。

荆楚盘起腿坐在轿子里，屏气凝神施展内力压制着自己体内那股乱窜的气，额头不断有冷汗冒出。

忽然心口一疼，一口鲜血喷涌而出，喷洒在黛青色的长袍上。

"二哥！"一阵清灵的声音传过来，马车的帘子被撩起来，进来的是一个十四五岁的少女，容貌灵动娟秀。

"荆笙？"荆楚有些困难地开口。

荆笙急急地跑上前来扶过荆楚，从袖口掏出瓶子，手脚慌忙地倒出一颗药丸喂到荆楚嘴里。

荆楚吞下药丸，借力坐了起来，重新运气。

混乱终归平静。

荆笙抱着腿静静地坐在一旁，看着荆楚渐渐睁开眼，眉目一片清明如常。

荆笙长长地松了口气，语气带着些嗔怒："二哥，你也是的，明明那么重要的东西，为什么要全部给林隐蹊？"

荆楚笑看着荆笙，缓了缓才慢慢开口道："既然给了就有一定要给的理由。"

"可是……"

荆笙刚想反驳，看见荆楚微沉的脸色，立刻住了嘴。

荆楚感受着体内渐渐平复下来的气，林隐蹊被那火鼠所伤，毒性并不是一般的药能解开的。

好在他身上有露丹，那是他的续命药，能解世间千种毒，可却世间难寻。

那个时候林隐蹊昏迷不醒，瘦小的身子窝在他的怀里轻轻颤抖着，眼角似乎还有温热的泪淌出来，他没有丝毫犹豫地将身上剩下的两颗露丹喂给了她。

再加上他为林隐蹊吸毒的时候，多多少少受到那火鼠之毒的侵蚀。

没想到这一次，竟然这么快就压不住毒性了。

不过也好，走的时候，林隐蹊似乎看起来很好。

荆笙看着他，还是有些没忍住："二哥，你是在拿自己的命换林隐蹊的命吗？"

荆楚双眸一沉，若有所思，过了好久才开口道："她会很有用处的。"

"是吗？"荆笙眉眼黯然地看着荆楚，她的二哥，看起来高高在上，却活得比谁都要辛苦。

六岁的时候便遭人毒害，自此落了这一身的毒。虽然他千辛万苦习得了一身医术，那又如何？他体内的毒，只能靠着那露丹抑制……

荆笙心里疼得一紧，双眸有些湿润了。她别过头，看向一边，车马奔驰的声音落在耳边。

她忽然开口问道："二哥，大哥……他还好吗？"

第十一章

我知道你也是皇命难违,
所以我从来都不怨你的。

　　荆楚走了,院子里忽然变得静悄悄的,林隐蹊早早起来,却发现小绿又不见了。她叹了口气,坐下来自己拆了肩上的纱布,伤口愈合得很快,隐隐约约已经能看出长了新肉。
　　果然,将军百战,金创药一定都是最好的。
　　林隐蹊心下一喜,暗暗运气。果然,全身上下又恢复了以往的活力,内力似乎也能收放自如了。她施展轻功,腾空而起,沿着院子四处转了一圈,算是活动筋骨。
　　林隐蹊觉得自己就像被关在笼子里的鸟,好不容易获得自由,便扑棱着翅膀一刻也不想停下来。
　　她跃到秋苑前池塘榕树的枝丫上,眺望着四周的风景。
　　忽然,一阵悠扬的箫声由远及近。

万俟哀？

林隐蹊朝着声音的来源处看了一眼，又一次足尖轻点，借着树梢的作用力一路飞奔而去。

荷花池。

清风过，春池皱。柳絮纷飞，春意香满袖。

林隐蹊躲在离万俟哀不远的假山后，抻长着脖子远远地看着他。

依旧是那一身白袍，无论在哪里，总是能融入身后的风景，像一幅画，伴着宛如天籁的箫声。

万俟哀这次很快就发现了她，他收起手中的箫，朝她这边看了过来。

林隐蹊心里扑通扑通的，自己并没有弄出什么动静，所以她有些怀疑他并没有看到她，只是偶然望向她藏身之处而已。

林隐蹊转过身踮着脚准备偷偷地离开时，却听他温润的声音传过来。

他说："过来。"

林隐蹊一愣，他在说谁？

她回过头四下看了看，的确只有自己一人，难道这一次真的是在跟自己说话？

她指着自己，面带疑惑地望过去，似乎还想确认一次。

万俟哀没有说话，淡淡点头。

林隐蹊只好硬着头皮走上前，福了福身子："将军……"

"伤好些了吗？"万俟哀的目光落在她的身上，带着柔软的温

度。

　　林隐蹊点了点头,目光落在地上,却不知道该再说些什么。尽管她有那么多的问题想问他,可见到他的时候,却又什么都问不出口。

　　"生气了?"万俟哀温润如玉的声音响起来。

　　林隐蹊抬头看他,目光惊讶,这是在跟她说话?

　　接下来的事情让林隐蹊更加难以接受,一向冷淡没有任何表情的万俟哀居然笑了,对她微微扬起嘴角。

　　林隐蹊一时没有反应过来,却听得他又开口道:"婚礼之事,我当时怕你勉强,所以想为你留些余地。在你确定心意之前,我给你反悔的机会。"

　　万俟哀顿了顿,目光又移向远处的湖面上,接着说道:"你若是不愿意,我也不会强人所难。"

　　林隐蹊抿着唇,从嫁过来的那一刻起,她就知道,除了死自己再也没有回头的机会。可是……原来一直以来,她都是有后路可退的。

　　"对不起。"沉默良久,万俟哀又淡淡地说道,"忽略了他们对你的闲言碎语,是我的不对。"

　　林隐蹊低下头,忽然有点心酸。

　　那些难听的话她听见了不是不难过,只是从来都知道,即使难过也不会有人抱抱她。所以,她想一个人的时候,至少要变得坚强起来。

　　所以那些,她以为她都习惯了。

可如今万俟哀一说，所有的委屈如同泄了闸的洪水一样奔涌而来。

眼泪不自觉地就在眼眶里聚集起来。

万俟哀缓缓走过来，伸出手，微曲起手指放在她的眼睑下方。林隐蹊一眨眼，泪便落在他修长好看的手指上。

"对不起。"林隐蹊一惊，深吸一口气，抬起头擦了眼泪努力地笑，"其实没关系的，我知道你也是皇命难违，所以我从来都不怨你的。"

万俟哀眼里像是笼了一层薄薄的雾气，没有来得及落下来的手忽然伸开来，似乎是要抚摸上林隐蹊的脸颊。

林隐蹊一愣，往后退了一步。她低着头："将军……"

万俟哀的手僵在空中，苦笑了一声："对不起。"

林隐蹊微微咬着唇，犹豫着还是开口道："将军，我知道你有一个深爱之人，可如今却顺了皇命娶了我，不过你放心好了，我一定不会鸠占鹊巢的，你若是有什么话就直接跟我说好了，我一定……不会妨碍你们。"

万俟哀微愣，似乎是明白了什么。他轻笑一声，负手立在亭子前，看着远处的山水如烟，过了好久才淡淡地说道："要下雨了，快回去吧。"

林隐蹊看着他，不知道他心里是不是因为又想起了那个人而变得难过起来。

她欠了欠身，开口时声音喑哑："那将军，我先走了……"

万俟哀没有作声。

林隐蹊回到秋苑的时候,天果然下起雨来。

她站在屋檐下,雨水噼里啪啦地隔断了她来时的路。她回头望过去,却什么也看不清。

小绿撑着伞从屋子里急急跑出来,似乎并没有注意到站在一边的林隐蹊。

林隐蹊叫住她:"小绿,你干什么去,我在这里!"

小绿回头看了她一眼:"小姐,炉子上有我煮好的姜茶,你待会儿记得喝一点,免得着凉了!"

"你去哪儿?"

小绿犹豫着,又看着林隐蹊盯着她不肯放的目光,吞吞吐吐地说道:"品良他,还在后山上练武,我去……我去给他送伞去。"

林隐蹊看着小绿义无反顾冲出去的身影,因为急急地跑着,伞有些没遮住,雨水落了些在她身上,可她看起来很开心。

林隐蹊走进屋子,关上门,雨声被隔断在门外。

万俟哀,大概会在那里等着雨停吧。

她看着桌子上还冒着热气的姜茶,一口气喝了下去。

茶凉了,雨也停了。

林隐蹊趴在桌子上睡了一觉,梦里是姐姐和司却,他们在一起说着什么笑得很开心。爹娘坐在榕树下,司婢端着羊角酥走过来,香甜的味道扑面而来,可是她还没来得及跑过去,他们却忽然站起来,面无表情地看着她,转身离开,不顾叫喊的她。忽然,脚下的土地裂开一道缝,她一个没注意,坠落下去……

林隐蹊惊得一下从梦里醒来,淡淡的湿气从窗外扑进来。

她瑟缩着身子打了个冷战,明明都暮春了却还是有些冷。

林隐蹊站起来准备去将窗子关上,却看见了一袭素色衣裙缓缓走来的拂衣和她的婢女小春。

她怎么来这里了?林隐蹊疑惑。

林隐蹊打开门迎上去:"拂衣姑娘怎么来这里了……"

拂衣随着她进来,明明雨才停,路上尽是些泥泞,可拂衣看起来还是那么不染纤尘。拂衣淡淡地开口:"我听小春说,林姑娘受了些伤,想着你在这里也没个依靠,便托我厨房的孟婶做了些菜给你送过来。"

林隐蹊心里一阵暖意,接过小春手中的饭盒。

"孟婶是随着我过来的,手艺很好,但愿能对上你的口味。"

林隐蹊感激地点头:"谢谢你,拂衣。"

她忽然想起荆楚交给她的任务,拂衣大概是她来这里的第一个朋友了,所以为什么好偷歹偷,偏偏要让她偷拂衣的东西。

如今,她真有些下不了手了。

拂衣侧头轻轻笑着,她着素色的白纱挽碟裙,衣袖顺着她藕白色的小手臂滑下来,露出一小段光滑如玉的肌肤,她手腕上戴着一个堪比月色般皎洁的玉镯子,玉色融入肤色,相得益彰,淡淡的青鸾花纹绕着镯子内侧衍生至外,倒真像一只正展翅欲飞的鸾。

林隐蹊神色一凝,青鸾玉?

拂衣似乎是注意到了她的出神,却没有在意她的目光,轻轻地

唤了好几声。

林隐蹊回过神来，眨着铜铃似的眼睛看着她，尽量隐去盘旋在心头的小心思。

拂衣笑："你总是这样出神，是在想喜欢的人吗？"

林隐蹊一愣，目光有些躲闪，笑着说道："只是想起了林府的司婶，司婶饭做得极好，看着这个便有些想她了。"

拂衣低头笑着，两人又说了些家常。

可林隐蹊却一直没再看拂衣的眼睛，她心有不忍，可是答应荆楚的事情又没办法反悔。所以表面上她能与拂衣谈笑风生，可是心里却万分纠结。

拂衣对她越好，盘旋在她心头的愧意就越多一点。

她落入两难之中不能自拔，也就全然没有注意到，拂衣言笑晏晏的眼底闪过的一丝冰凉。

第十二章

> 对我来说很重要的东西,全部都弄丢了。
> 所以我要站在这里,一样一样地找回来。

❖

次日,林隐蹊起得极早。

小绿不知道是昨晚什么时候回来的,林隐蹊醒的时候她已经准备好了早饭,站在桌子前,一副昏昏欲睡的样子。

林隐蹊走过去戳了戳她的脑袋,狐疑地盯着她:"你昨晚干什么去了?"

小绿猛地一睁眼,转而又半睁半闭着有气无力地说道:"大概是淋雨了……"

林隐蹊伸手覆上小绿的额头,灼热从手心传来,她顿时惊道:"你发烧了!"

"嗯……"

"发烧你还准备早饭,你就不能去休息吗?"

林隐蹊又气又恼，将小绿扶到了床上，逼着她躺了下来。林隐蹊又去厨房打了些冷水，泡了湿布搭在小绿的额头上。

　　"小姐，我没事的。"小绿虚弱地伸出手。

　　林隐蹊打开她的手："你怎么这么傻，只知道照顾别人，自己就不管了吗？"

　　小绿表情带着怯意："小姐，对不起。"

　　林隐蹊叹了一口气。

　　林隐蹊看着小绿渐渐睡着，便起身去找品良。

　　"她生病了？"

　　林隐蹊没有想到，品良一向都是泰山崩于前而不改色的样子，原来也会有这么紧张的时候。

　　她看着品良急急跑出去的背影，这么久以来，第一次从心底觉得开心，她淡淡笑着。两情相悦，多好。

　　要好好的啊，你们。林隐蹊转过身，想着要不要找个地方避一下，毕竟能给那两个人留点空间。

　　可她没走两步，便碰见了万俟哀。他似乎是刚从书房里出来，依旧是一袭白袍如雪，腰间别着一支玉箫，眉目清冷淡如玉烟。

　　林隐蹊尴尬地笑："你怎么在这里？"

　　可说出口才觉得自己有够傻，自己跑到万俟哀的地方，却问他怎么来这里。

　　万俟哀淡淡地开口，回答得认真："刚好走过来了。"

　　林隐蹊点着头，眼睛不知道看向哪里，只能一本正经地假装淡定:"嗯,那好巧……"

"嗯。"万俟哀应了声。

"那……"

林隐蹊正犹豫着要说些什么,却听得万俟哀忽然又开口道:"品良跟我说了,小绿是个好姑娘。"

林隐蹊一愣,他也知道了?她有些惊讶地望着他。

万俟哀却淡淡一笑:"所以,回去的时候就不要让小绿陪了。"

"回去?"林隐蹊疑惑。

"我陪你就是。"

林隐蹊怔在原地,始终没能明白万俟哀在说什么……

她摆了摆手,慌忙地推拒道:"不用了不用了,秋苑离这里也不远,小绿她……"

"不是秋苑。"

万俟哀淡淡开口,打断了一旁叽叽喳喳的林隐蹊。

"我陪你回林府。"

林府?

林隐蹊一脸震惊:"你说的是……回家省亲?"

"稍稍有些晚了,不过还好能赶上。"万俟哀侧头看她,"东西我已经派人准备好了,要是可以,明天就启程吧。"

林隐蹊一时没有反应过来,万俟哀这是要陪她回家省亲的意思?那……

"现在有时间吗?"万俟哀似乎并没有打算再就这件事说下去,林隐蹊觉得他的意思大概就是:我已经决定好了,你跟着我走就好

了。

她摇了摇头,反正品良应该去找小绿了,她便道:"没什么事……"

"陪我转转。"万俟哀并不等林隐蹊答应,径直朝前走去。

林隐蹊站在他的身后,看着他颀长的身形,背影冷峻挺拔。

她"哦"了一声,小跑着跟上了他的步子。

万俟哀带着林隐蹊来到了昙华林。

石头上熟悉的字眼刺入林隐蹊的双眸,她停下脚步,怔怔地站在原地,背后已经是一片冰凉。

万俟哀似乎注意到了她的迟疑,侧头看了她一眼。

林隐蹊注意到他的目光,吞吞吐吐地指着林子:"这……这里……"

"你知道?"万俟哀蹙眉,一瞬间便想到什么,目光落在她受伤的肩膀上。

林隐蹊别开脸,不敢看万俟哀的眼睛,却听得他温润的声音:"过来我这边。"

她看过去,万俟哀朝她伸出手,修长好看的手指在阳光下泛着微微的光,他的眼里是如水般的温柔,她迟疑着,却还是将手伸了过去。

"有我在这里,它不会再伤害你的。"

温热从指间传来,万俟哀稍一用力,便带着林隐蹊飞向林子顶端。巨木若林,林隐蹊位于最高的地方,看着偌大的将军府化为一片花园，视线所及范围之内是小半个明安城。

她不禁有些惊叹，惊笑道："你平时都是站在这里看风景的吗？"

"偶尔。"万俟哀的目光落在远处，"想看得更远一点的时候。"

林隐蹊听不懂万俟哀的话，只是看着他侧脸的轮廓在阳光下染着淡淡的光晕，她想起那个老旧的盒子。

她若有所思地问道："你有没有丢过很重要的东西？"

万俟哀侧头看她。

林隐蹊却做贼心虚地慌忙别过脸："我以为你丢过很重要的东西，所以才会想看得更远一点，想找回来……"

他淡淡地笑起来，风穿过他白袍衣裾，如墨般的发丝在身后的风里穿梭。林隐蹊忽然就想起一个词：风华绝代。

他再说话时，风已经停了。

"有过。"

林隐蹊微愣，没想到他会如此认真地回答这个问题。

他的嗓音带着淡淡的磁性："对我来说很重要的东西，全部都弄丢了。所以我要站在这里，一样一样地找回来。"

林隐蹊目光软了下来，她不知道该说些什么，可是总觉得万俟哀不单单是在回答她的问题，他说的那些，似乎是道尽了他的人生，可她却不能弄懂分毫。

万俟哀的余光瞥了她一眼，随即在树枝上坐了下来，背靠着树干，一条腿微微躬起，另一条腿垂在空中。

林隐蹊心里觉得奇怪，却也没有说什么，找了他对面另一根粗

点的树干陪着他坐了下来。

林子里的风穿过树叶的缝隙擦肩而过。

林隐蹊双手撑在身侧，晃着脚丫子，却见万俟哀拿起腰间的玉箫，目光落在箫上，寂寥无声。林隐蹊有些莫名其妙，难道现在还要吹个箫？

珠落玉盘，银瓶乍破。

悠扬的曲调在风里荡着，林隐蹊有些听不懂了。

忽然远处传来一阵嘶鸣，是那只火鼠！林隐蹊一惊，从树枝上弹跳起来，却不知道该往哪里躲。

可转眼间，那火鼠却趴在万俟哀的脚边，一副温顺乖巧的模样。

林隐蹊微张着嘴，惊得说不出话来。

"这是火鼠，"万俟哀抚摸着它的皮毛，"它的毛浴火不化，当年我在战场上差点被敌军烧死的时候，是它救了我。"

林隐蹊看着万俟哀，这好像是她第一次知道有关他的事情。她知道，一个将军沙场上不畏生死满身是血，可私下却独爱一身白袍，他的心里总会有谁也不会懂的执着。

她看着那一人一鼠，平时一副生人勿近的样子；可如今靠在一起，却是一片温柔。

"要过来吗？"万俟哀看向林隐蹊。

林隐蹊拼命地摇头，即使现在看那火鼠纯良无害的样子，可是上一次的事却始终让她心有余悸。

"那我过来了。"

万俟哀翻身骑上火鼠的背，一声长鸣如同战鼓雷雷，它朝着林隐蹊的方向跑来。

强烈的风刮着面颊,林隐蹊因为害怕而紧紧闭上眼。

可转瞬间她便落入了一个温暖的怀抱。

万俟哀的手轻扶着她的腰侧,她紧紧靠着万俟哀的胸口,温热透过衣襟传过来,似乎还能感觉到万俟哀的呼吸融在她耳边的风里。

林隐蹊缓缓睁开眼,发觉自己正坐在火鼠的背上。

两边的风景迅速地向后退去,一阵前所未有的快感包裹着她。

在这种畅快里,她仿佛看见了万俟哀一身戎装,在战马上披荆斩棘奋勇杀敌的画面……

风停了下来,林隐蹊从火鼠背上跳下来,难掩兴奋的样子:"谢谢你!"

万俟哀跟着下来,淡淡一笑,却忽然伸手牵过林隐蹊的手。

林隐蹊还没来得及从刚刚的兴奋中缓过来,便看着自己被万俟哀牵到火鼠的面前,他一手牵起她的手一手揉着火鼠的头。

火鼠慢慢靠过来,轻轻舔着林隐蹊的手心。

酥酥痒痒的感觉从掌心漫开,她一脸惊喜地看向万俟哀。那么凶猛的野兽,此时却这么乖巧。

万俟哀看着她兴奋的表情,说话间语气也变得柔软:"它还没有名字,要给它取个名字吗?"

林隐蹊看着他,居然还一脸严肃很认真地想了想:"那不如就叫春花吧!"

她本以为万俟哀会不理解她,耻笑她取的名字难听,哪知万俟哀只是淡淡地应了声:"它刚刚闻了你手心的味道,是愿意让你做

它的主人。"

"是吗?"林隐蹊有些惊喜,学着万俟哀的样子壮着胆子伸手揉着火鼠的头,果然,完全没有了那天的样子,林隐蹊高兴地看向万俟哀,"谢谢将军。"

万俟哀看了她好半天没有移开目光。

林隐蹊有些紧张:"将军?"

"以后不要叫我将军了。"万俟哀目光微沉。

"那叫……什么?"

"在肯承认我这个夫君之前,就叫我万俟哀吧。"

林隐蹊一时没有明白,她走在万俟哀的身后,看着他的背影,却始终也想不出刚刚那句话的意思。

回到秋苑的时候,天已经快黑了。

林隐蹊走到秋苑门口,碰到刚出来的品良。品良见是她,抱拳行礼道:"夫人。"

林隐蹊一愣,对于这个称呼分外陌生,她尴尬地笑:"那个……小绿她好点了吗?"

品良脸一红,却依旧淡定:"好多了。"

"嗯。"林隐蹊应了声,"谢谢你帮我照顾小绿。"

品良抿了抿唇,却不知道再说些什么。

林隐蹊没再说什么,让他离开了。

她轻笑着,往回走,远远地便看见了站在门口的小绿。她走上前打趣道:"怎么了,还想再送送?"

小绿微微脸红低下头:"小姐,你要和将军一起回去了?"

这下换作林隐蹊不好意思了,她瞪着小绿:"品良说的?"

小绿却不肯承认:"我自己知道的,而且将军还不让我跟着,大概就想过你们二人世界!"她成功地将话题移到林隐蹊的身上。

林隐蹊不可思议地看着她:"这才几天啊,你就跟着品良学坏了,以后还不得爬到我的头上!"

"哎呀小姐,我不敢了我不敢了!"

两人只顾着嬉笑打闹,却没有意识到窗外的一抹黑影,如同暗夜的鬼魅一般匆匆闪过,遮住一室的白月光。

第十三章

也许爱,
会让一个人变得自私。

江北城,又是层层叠叠的热闹。

碧家茶楼依旧人多,说书老先生依旧那身青色粗布长袍,短短几天,胡子似乎又白了些。

"我们林小姐啊,在将军府上甚是得宠,这不,万俟将军亲自陪着我们林大小姐回来省亲了呢!"

在座的茶客一片惊叹:"真是壮哉我江北林家啊!"

林隐蹊坐在马车上,掀起帘子的一角往外探着头,莫名的兴奋涌上心头,嘴角藏不住的笑意,果然还是回家好!

万俟哀淡淡地瞥了她一眼。

林隐蹊或许也是注意到自己的动作有些放肆,便收敛了些,捂着嘴偷偷笑，假装看不见万俟哀的表情。

　　轿子停在林府门口，林老爷林夫人已经在那儿恭候多时。
　　林隐蹊下了轿子便扑向林夫人的怀里，瞬间红了眼眶，语气有些委屈地喊："娘。"
　　林夫人拍了拍她的头，跟着林老爷朝着万俟哀行礼："将军。"
　　林老爷弓着身子，语气恭敬："将军一路辛苦了。"
　　万俟哀却看了眼站在林夫人旁边的林隐蹊，扶起林老爷，语气淡雅："只是辛苦隐蹊了。"
　　林隐蹊一直黏在林夫人的身边，听到这话抬眸看了他一眼，见他正认真地跟爹说话并没有看她，又移回了目光。
　　却听林夫人又开口说道："小女骄纵，给将军带来不少麻烦，还请将军包涵。"
　　林隐蹊低着头，娘也真是的，干吗当着万俟哀的面说这个……
　　万俟哀笑了一下，开口的声音温润好听："隐蹊，很懂事。"
　　林隐蹊这下更不好意思了，似乎还能感受到他落在她身上灼热的目光，每当这个时候她就不知道该说些什么。
　　幸好有林书海解围："我已让人备好饭菜，粗茶淡饭还望将军不要嫌弃。"

　　林书海带着他们去了客厅，满桌饭菜的熟悉味道已经让林隐蹊食欲大开。
　　她挨着万俟哀坐下来，迫不及待地拿起筷子行动起来。

真的是想念的味道,林隐蹊觉得自己眼泪都要流出来了。

她吃得正欢,却看见万俟哀夹起了一块红烧狮子头放在她的碗里,一脸可以称之为宠溺的表情看着她,轻声开口:"慢点。"

林隐蹊微愣了一下,筷子慢了下来,偷偷地看了眼若无其事为她夹菜的万俟哀。

万俟哀的目光却落在她的唇上。

林隐蹊放下手里的碗,有些尴尬。

他忽然伸过手来,林隐蹊没来得及避开,冰凉的指尖碰到她的唇。

林隐蹊一怔,她曾听说,万俟哀在战场上以一敌百,杀敌无数,也曾眉眼不动生生将敌人的头颅斩下。可如今,这一双沾了万千人血的手,却这样轻柔地为她拂去了嘴角的一粒米。

林隐蹊脸色绯红,急急地放下碗,嘴里的食物渐渐没了味道。

她偷偷瞥了眼坐在一旁的爹娘。

林夫人看起来甚是欣慰,嘴上佯装恼怒地嗔怪着林隐蹊:"看你吃饭没个样子,让将军见笑了。"

林隐蹊正不知道说什么好,却听万俟哀开口:"没关系,倒是在府上,从没见过她吃得这样欢过。"末了又补充了一句,"这样很好。"

难道不是因为你从来没有跟我一起吃过饭……林隐蹊在心底嘀咕着。

她始终不明白万俟哀对她忽然之间的亲昵,好几次偷偷看他,也只看见他低头一板一眼吃着碗里的食物。眉眼淡然,举手投足之间是浑然天成的贵气。

　　林隐蹊叹了口气，也是，我们家这样的小门小户，他能图什么呢？

　　一餐饭好不容易吃完了，林隐蹊有些撑了。

　　她看着爹拉着万俟哀不停地说话，似乎是分外喜欢这个女婿，眉眼间是从未有过的自豪。

　　这才刚撤下宴席，林书海便邀了万俟哀去书房，毕竟他年轻时做过的英雄梦，全部在万俟哀身上实现了。

　　万俟哀也没有推辞，走的时候深深看了林隐蹊一眼。

　　林隐蹊抿嘴笑着点头，看见他终于走出视线，心下一喜。回来这么久，似乎还没有见到司却，现在撇开万俟哀，总算能自己做点什么了。

　　她转身往司却的房间跑去。

　　还没出前厅的门，林夫人便忽然出现堵在了林隐蹊的面前。

　　"你去哪里？"

　　林隐蹊看着林夫人一脸严肃，又没了底气，心虚道："我……"

　　"司却已经不在林府了。"林夫人一眼就看出来她在想什么，语气冰冷。

　　林隐蹊呼吸一滞，却有些不明白娘的意思。

　　林夫人凝眉看着她，有些于心不忍，放缓了语气语重心长地说道："你已经嫁给将军了，将军对你那样好，不能再跟以前那样整天跟司却混在一起了……"

林隐蹊根本不在乎这些,她不可置信地望向娘,说话时已经带着颤抖:"你们,将司却赶走了?"
　　林夫人低下头,没有说话。
　　那么就是了!林隐蹊忽然觉得很难过,明明自己都听从了他们的意思,放弃了一切嫁给万俟哀,可为什么还是什么都保护不了?
　　她看着娘亲,张了张嘴,声音却极小:"他的家在这里,你们要把他赶到哪里去……"
　　"隐蹊……"
　　"隐蹊。"是林若纯的声音。
　　林隐蹊看过去,这是自姐姐大病以来,她第一次见到姐姐。依旧是那倾城的容貌,却沾染着病色,单薄得像一张纸,风一吹就会倒下来。
　　林隐蹊努力让自己的情绪平静下来,快步走上前去扶住林若纯,开口便有些哽咽:"姐姐。"
　　林若纯淡然一笑,却没了昔日的灵气,她看向林夫人轻声道:"娘,我跟隐蹊说会儿话,你先回去休息吧。"
　　林夫人眉眼悲切地看了她一眼,点点头:"若纯你刚刚好点,不要太累。"
　　"知道了,娘。"
　　林若纯看着林夫人离开,才带着林隐蹊回了房,她似乎是站久了有些吃力,林隐蹊扶着她坐了下来。
　　"姐姐,你好点了吗?"林隐蹊不免心疼了起来。
　　林若纯却不回答,只是看着她,眼里有星星点点的碎光,兀自问道:"在将军府过得好吗?"

林隐蹊强忍着鼻头的酸涩,能回来看见大家都像以前一样,再多的不好也只是一场梦而已,而眼前的这些人才是现实。她用力地点头:"嗯。"

"那就好,"林若纯拿起桌上的茶杯,斟了两杯茶水,"我也看见了,将军他……对你很好……"

"司却他是自己走的,"林若纯似乎有些累了,缓了两口气才开口,"隐蹊,我有些嫉妒你了。"

林隐蹊还没从司却的事里缓过来,惊讶地看着林若纯:"姐姐……"

林若纯喝了口茶:"你明明都已经嫁人了,司却他心里也依旧只有你。万俟哀待你那样好,甚至……"

林若纯苦笑了一声,没有再说下去。

林隐蹊微愣,司却从来都只当她是妹妹,就算一直保护她、教她东西也只是在尽着一个兄长的责任而已。所以,怎么会呢!而且,司却喜欢的一直都是姐姐吧……她低下头,解释道:"司却和我,只是兄妹之情……"

可是林若纯却似乎并不相信的样子:"隐蹊,你知不知道,司却去哪里了?"

林隐蹊盯着她,似乎不明白她的意思。

"你说你要红莲丹,他便万死不辞,即使毫无头绪也义无反顾地去为你寻药。"

"可是,我走的时候,他不是为你去找清灸派了……"林隐蹊

有些不明白，那司却是看到她留下来的信了？可是他为什么从来都没有找过她？

林若纯苦笑："爹娘决定让你代替我出嫁的那一刻，司却便已经开始想着去找红莲丹了，他怕你不愿意，他想救你出来。"

怎么可能呢，林隐蹊眼睛酸涩。

"而我……我吃下了白回丹。"林若纯忽然变得出奇平静，眼睛直视前方，却仿佛是没有焦距，"没有解药的一种慢性毒药，会急性发作，从血液开始，侵袭至五脏六腑，直至枯槁而死……"

林隐蹊张着嘴，说不出话来。

"就是因为，想为自己留些可能性……他们说万俟哀患有心疾，又是镇疆将军，常年不在家，不管怎样，好像都会一个人孤独终老。"

林若纯的声音忽然有些颤抖："可是我又那么爱司却，所以我只能让你去了……"

林隐蹊难以置信地看着她，却也只能喊出两个字："姐姐……"

林若纯叹了口气，望向林隐蹊："可现在才知道自己有多傻！"她低声笑着，仿佛这并不是什么值得难过的事情，却又似乎用尽了她所有的力气，"司却他不爱我。我背弃了全部，而你，拥有了所有。"

林隐蹊看着姐姐，这个曾经总是笑看她和司却打闹的人，这个总在爹娘惩罚她的时候站出来保护她的人，如今却笑得这么凄凉，甚至都不敢看她。

也许爱，是会让一个人变得自私。

那个总是端庄娴雅的林若纯，如今却站在她的面前，像小孩子犯了错一样，后悔却又倔强的表情。

后悔的，是她对林隐蹊有愧；倔强的，是她不肯否认自己的爱情。

林若纯站起身子，有些困难地走过来："我那么害怕你过得不好，怕你这辈子都不会原谅我了……所以，看到万俟哀能那样对你，我便无憾了。"

林隐蹊看着林若纯眼里的一片灰败，心里不知道是悲痛还是愤恨。她紧紧攒着拳头，语气平缓："林若纯，我没有想过你会拿自己的命开玩笑！"

窗外一个黑影闪过，打断了这突然而至的沉默，林隐蹊蓦地惊道："谁？"

林若纯似乎也被吓到，瞪大了眼睛看向林隐蹊。

林隐蹊看了她一眼，示意她不要乱走，便追了出去。

第十四章

那么多人希望她幸福，
她也想努力试着变得幸福一点。

　　那绝对不是普通的人，林隐蹊一路跟过来，虽然她的轻功在那人之上，可是那人速度却奇快。
　　她好不容易才在后花园堵住那人。
　　那人一身黑衣，脸也被遮了起来，只露出一双眼睛，眼部轮廓格外深，充满煞气。
　　林隐蹊站在黑衣人的正对面，与他相立于亭子的两端。
　　"你到底是谁？"
　　她目光一刻也不敢放松，手却在袖子里凝起内力，手中的银针蓄势待发。
　　黑衣人看了她一眼，忽然腾起身子似乎是想离开，
　　林隐蹊哪肯轻易放过他，她将手里的银针射了出去。

但是，黑衣人身手不凡，轻易地便躲过了。银针一一钉在凉亭的椽柱上。

一阵阴凉的风，裹挟着凛冽的寒气袭来——是黑衣人发起了攻击。但林隐蹊来不及避开，被一掌击到了肩上。

疼痛蚀骨。

林隐蹊咬着牙，却见一边林若纯正急急地跑过来："隐蹊！"

姐姐？

林隐蹊惊慌地看过去，余光里却是那黑衣人举着大刀砍过来的影子。

林隐蹊一惊，来不及反应，林若纯却已经扑到了她的身上。

姐姐！

眼看着寒光凛冽的刀即将砍上林若纯的后背，却听见"哐"的一声，黑衣人的刀断成了两截，随即而来的是一个黛色身影。

熟悉的气味逼近，林若纯回过头，果然是他，司却。眼泪没忍住夺眶而出。

司却和黑衣人纠缠得深，林隐蹊挣扎着站起来，想扶起林若纯，哪知道对方并不只有一个人，另一个黑色的身影不知道从哪里窜出来，拿着刀直逼司却。

那两黑衣人身材壮实，武力也不差，一个人司却还能对付，两个人便有些吃力了。

可是这边，林隐蹊也已经没有力气再应对，况且还有比她更虚弱的林若纯在旁边。

林若纯一心盯着司却那边，眼看着司却胳膊上受了一刀，像是

刺在她的身上一样，她挣扎着站起来，手抓着一旁的树枝："司却小心！"

司却躲过了背后的一刀。偷袭的那人却忽然回过头盯着林若纯，眼神阴鸷。

"姐姐！"林隐蹊用尽力气快步上前将林若纯护在身后，暗器飞来，带着瘆人的力度，林隐蹊知道自己可能躲不过了……司却也分身乏术，眼前的刀似乎下一刻就会毫不留情砍在他的身上。

林隐蹊绝望地闭上眼，寒风掠过脸颊，可是，迟迟没有等来预想的疼痛。

她听见飞镖落地的声音，随即是骨头断裂的惨叫身。林隐蹊猛地睁开眼，那一袭白袍在月光下闪着盈盈的光，他目光冰冷，手上的剑毫不留情地沾上腥臭的血。

是万俟哀！

他站在司却的旁边，手中的剑划破了那黑衣刺客的喉咙。

而另一个人，躺在地上，腹部插着飞镖，汩汩地冒着血，身体还在抽搐着，转而便没了动静。

林隐蹊移过视线，万俟哀正看向她，透过惨白的月光，目光那么漫长。

林隐蹊忽然有些想哭，她踉跄着步子跑过去，肩上的旧伤口冒着血，一阵眩晕却没有倒在地上……熟悉的味道扑面而来，万俟哀搂她在怀里。

林隐蹊抬起头，眼里还有盈盈的泪水，声音哽咽"万俟哀……"

万俟哀将她的头护在怀里，温润的声音此刻让林隐蹊无比安心:"哭什么,我不是在这里吗……"

林隐蹊靠在他的胸前,紧紧抓着他的衣襟,有些语不成句:"万俟哀……谢……谢谢你。"

万俟哀轻轻地抚摸着她的头发,看着地上的两具尸体,目光晦暗。

林书海这才带着侍卫赶过来,他看着这里的一片狼藉,心下一震,再看向万俟哀——

两人本来在书房探讨着国事,可是忽然之间外面传来一些动静,他还以为是哪里的猫猫狗狗作祟,并没有在意。可万俟哀却发现了不对劲,他轻拂衣袖,语气冰冷地留下一句"带人过来",便消失在他眼前。那一刻林书海是有些滞愣的,他一直以为万俟哀就是站在林隐蹊旁边那般温润如玉的模样,可刚才万俟哀身上的寒气,竟让他怵然无言。也对,万俟哀毕竟是镇疆大将军……

而此刻万俟哀将林隐蹊护在怀里的样子,又回到了那个温润普通的男人样子,做了他身为一个父亲没有做好的事。

林书海慌忙扶起了一旁的林若纯,将她交到下人手里:"扶小姐回房。"又看了眼一旁抱着胳膊始终没有说话的司却。

林书海惶恐地跪在地上:"请将军恕罪!我一定彻查此事!"

"不关你们的事。"万俟哀看着怀里忽然仰起头看他的姑娘,心仿佛是掉入了柔软的云里,"对不起,吓到你了。他们要杀的人是我。"

林书海一震,说不出话来。万俟哀脸上却没有过多的表情,语气依旧淡淡的:"这件事我自己会解决。先找个大夫来,看看隐蹊

的伤吧。"

"是!"林书海应着,再看向司却时,他已经不在了。

万俟哀抱着林隐蹊回到房里,小小的屋子,只有她和万俟哀两个人。

他轻轻将她放在床上,林隐蹊有些尴尬地对上他的目光,除了肩膀上旧的伤口又裂开了也并没有什么大碍,现在看来刚刚万俟哀一路抱着她回来,也有些过头了。

可那些人……林隐蹊看着他问:"他们为什么要杀你?"

万俟哀淡淡一笑,仿佛并不在意:"恨我的人多了,便想着要杀我了。"

他忽然蹲下来,手扶着林隐蹊的脚踝,似乎是要为她脱下脚上的鞋。

林隐蹊一怔,微微有些抵触地想收回脚:"我自己来。"

万俟哀却抬头看他,顿了顿后站起身来:"你害怕吗?"

林隐蹊愣了一下,才知道他说的是今晚的那两个黑衣刺客,她看着万俟哀洁白的袍裾依旧纤尘不染的样子,轻轻摇头:"不怕。"

万俟哀微微侧过头,余光里是林隐蹊笃定而虔诚的表情。

"因为我相信你是好人。"

他轻声一笑,语气竟然有些落寞:"好像是第二次听到,我是好人这样的话。"

林隐蹊觉得,此刻的万俟哀,就像一个从没有吃到糖的小孩子。她低下头,一时之间竟有些心疼。

可是，第一次听到是什么时候呢？第一次听到的，应该是很重要的人说的吧。

"万俟哀，"她唤他的名字，"谢谢你救了我。"

万俟哀轻声一笑："谢我吗？"

"嗯。"林隐蹊点头，"回了将军府，那些羊角花就会开了，我给你做羊角酥。"

万俟哀回过身，语气带着疑问："羊角花……"

林隐蹊看着他的眼睛，目光渐渐拉长，司婶以前给她和姐姐做羊角酥的时候，讲过一个故事——

说是在很久很久以前，盘古开天辟地，女娲造人。可是那个时候万物都没有秩序，一个男人同时有好几个妻子，一个女人也能有很多相公。随便两个人碰见了，便在一起了。

所以，当时的神仙觉得太乱了，于是就想了一个办法：在凡人与神仙居住的地方的分界处的杜鹃花林子里建了住处，然后将宰杀后的羊角留下，左边的角插在林子左边，右边的角插在林子右边。

然后神仙们规定，所有投生转世的凡人，都要经过这里，男的往林子右边走过，并在右边羊角堆里取一只羊角，采一束杜鹃花；女的向林子左边走过，在左边羊角堆里取一只羊角，采一束杜鹃花。凡是拿了同一只羊的羊角的，到凡间就会配成一对夫妻。

所以这就成了人间的羊角姻缘。

林隐蹊讲完了，万俟哀看着她，琥珀色的瞳仁越发深邃，怔了良久，他淡淡一笑："是一生一次的姻缘吗？"

林隐蹊没有回答。

万俟哀淡漠地笑笑:"早些歇息吧。"

林隐蹊看着万俟哀走出去的背影,深深地叹了一口气。

林若纯身中剧毒,不知道能活多久。如果真的没有办法的话,她想最后能顺了林若纯的心意,那么多人希望她幸福,她也想努力试着变得幸福一点。

即使,那个人,他有心上人。

林隐蹊下了床,穿好衣服。

她像以前一样,睡不着的时候就偷偷跑去屋顶。

辽阔的夜色,一轮巨大的月亮悬在这无边的夜里,月光如水般倾泻而下。

而此刻,自己的屋顶上,竟站着一身蓝色衣袍的男人,月光照着他颀长挺拔的身形洒下长长的影子。

林隐蹊一惊,荆楚?

她揉了揉眼睛,确定眼前的并不是幻觉。

荆楚回过头,忽然扬起一丝浅笑:"想我想出幻觉了?"

真的是他!林隐蹊立马全身防备,忽然,有什么在脑海里一闪而过,今晚的刺客,还有忽然出现在这里的荆楚……

"你怎么会在这里?"

荆楚缓缓走过来,影子与影子重叠,他看着林隐蹊的眼睛,声音低沉:"林隐蹊,我也想知道,我怎么会在这里。"

林隐蹊也不卖关子了,直视荆楚:"你为什么要杀万俟哀?"

荆楚一笑,忽然逼近,语气暧昧:"自然是为了你了。"

"你！"林隐蹊气结。她自然知道荆楚说的不是真话，堂堂太子，深更半夜出现在一个小小林府，关键是在他之前还有刺客出现，怎么能叫人不怀疑。

她瞪着他，咬牙切齿："荆楚你再靠近一点我就……"

"就怎么样？"荆楚眼神戏谑，丝毫不为所动，"弄死我吗？"

"你！"

荆楚趁着林隐蹊气结，忽然塞了一颗药到林隐蹊的嘴里，温热的指尖却依旧停留在她的唇上。

林隐蹊慌忙退开来，面红耳赤，药丸却已经顺着喉咙下去了。

"你给我吃的什么东西？"

"毒药。"荆楚暧昧地看着自己的指尖。

林隐蹊没好气地盯着他，暗暗使着内力想把药给逼出来，却无能为力。

荆楚笑道，手放在她的肩上："放心吧，只要我在，你就不会死。"

林隐蹊感受着一股温热的气流透过荆楚的手心传到她的体内，忽然之间使不上力气，眼前一阵眩晕。

闭上眼的那一刻，淡淡的香味笼罩了全身，她似乎听见荆楚在她耳边说：林隐蹊，你总是有办法让我生气……

荆楚扶着晕在他怀里的林隐蹊，声音忽然又沉了几分，却不带一丝感情："教主，何不出来说话？"

他看着怀里林隐蹊清秀恬静的脸，语气竟不自觉地柔了几分：

"也难为你了，堂堂飞天教教主，却要屈身于一个小小林府这么多年。"

司却一袭素净青衣，身影在月光下缓缓清晰，胳膊上有鲜红的血渍，可伤口似乎是已经被包扎过。他轻声开口："谢谢你，刚刚救了隐蹊和若纯。"

刚刚形势危急，他受控于那个刺客，眼睁睁看着飞镖飞向林隐蹊却来不及赶过去，这个时候是一直在暗处的荆楚出手相救，击落了飞镖，甚至轻易地就让飞镖改变了方向，直奔那黑衣刺客，一击毙命。

这个人，比他以为的还要厉害几分。

荆楚轻声一笑，似乎带着不屑："既然如此，不知教主考虑好了没有。"

司却看向他怀里的林隐蹊，又看向荆楚。

他的确是飞天教的教主，可是从没有让人知道过。比起那个身份，他似乎宁愿待在林府，做一个小小的下人，保护着他想保护的人。

可是，那两个人，他一个都没有保护好。

林若纯身上的慢性毒，除了需要解药，还要花费很大的力气才能慢慢排出长时间累积的毒性。他知道荆楚有白回丹的解药，便只是试着求他这件事，却没有想到他真的会来……还不惜大伤元气去救林若纯。

林隐蹊身上，有火鼠残留的毒性，所以才内力大退在刺客面前差点保护不了自己。

荆楚刚刚喂给她的药，大抵是疗伤的药，药效之内不能使用内力,所以才会弄晕她,甚至一刻不曾停下地给她注入真气。

司却眼里一片灰色,这个人,不管是有什么企图,却救了林隐蹊和林若纯。所以,他不得不答应。

他点头,看向荆楚,语气坚定:"荆楚,我答应十五天之内,一定替你偷回那四样东西。"

第十五章

浑蛋的事,
我会慢慢做给你看。

　　林隐蹊始终以为,那一晚见到司却只是自己的一场幻觉。
　　离开林府的时候,司却都没有再出现过,可林若纯却忽然好了起来。
　　大概是司却找来了解药吧,他不愿意出现,大概也是有他自己的理由。
　　不过林隐蹊终于觉得轻松了些,至于红莲丹,她看着端坐一旁的万俟哀,忽然没有那么执着了。也许一切顺其自然,也会有意想不到的发展。

　　刚到将军府,品良便急急地跑过来,大抵是有什么事要商量。
　　万俟哀看了林隐蹊一眼,声音温柔:"好好休息。"便随着品良去了书房。

　　小绿也迎了出来,两天不见,脸色越发红润了。林隐蹊狐疑地盯着她,小绿倒是被盯得有些不好意思了,拉着林隐蹊的手:"这次没有打扰你和将军,进展得怎么样了?"

　　林隐蹊瞥了她一眼,忽然想到在林府答应了万俟哀要给他做一次羊角酥的,即使没有别的意思,也算是答谢他救了自己和姐姐,便推着小绿打发着她去准备材料。

　　于是这一整天,林隐蹊都耗在厨房,和传说中的羊角酥作斗争。

　　即使跟着司婶学了好久,可是……

　　她望着桌子上满满的黑色羊角酥,忽然有些泄气了。

　　"万俟哀倒真是有能力,才几天就让你一个小盗贼金盆洗手作羹汤了……"

　　戏谑的声音响起来,林隐蹊猛地一抬头,果然是荆楚。

　　她想到那天莫名其妙吃下的药,虽然也并没有见什么不良反应,可依旧没好气地瞪着他:"你能不能不要每次都这么神出鬼没的。"

　　"不然呢,等你叫我?"荆楚走过来,目光落在桌子上的羊角酥上,忽然笑起来,"做给万俟哀的?"

　　"要你管!"林隐蹊被看得有些不好意思,仰着头,"你不是走了吗,为什么又回将军府了?"

　　"担心你……"荆楚故意放缓了语速,看着林隐蹊像一只仓皇的松鼠一样眼神躲闪,才又接着说道,"将军请我来做客,不来的话将军怕是不乐意了。"

　　林隐蹊瞪他,万俟哀干吗总是将这么麻烦的人放在府上找罪

受!

她很想对眼前的人视而不见,可是他的存在感实在太强。

荆楚目光微沉地看着她,忽然走上前来。林隐蹊慢慢往后退着,靠在桌子上,几乎都要坐上去了,她语气防备:"你要干什么?"

荆楚一手撑在桌沿圈起狭小的空间,另一手不怀好意地伸过来……

林隐蹊已经抱着同归于尽的心了,却见荆楚手伸到她的身后,拿起桌子上那团黑得不成样子的羊角酥,就这么咬了下去。

林隐蹊微张着嘴,表情惊讶,这个真的能吃吗?

"还不错。"荆楚站直了身子,拍了拍手上的碎屑,忽然不知从哪儿拿出一封信,"司却给你的。"

林隐蹊一惊,从桌子上跳了下来,伸手去够荆楚手上的信封,却不小心扑了个满怀。荆楚也顺势抱住了她,他温热的手掌紧紧箍住她的腰,低沉如钟鸣般的声音在耳边响起:"林隐蹊,万事小心。"

林隐蹊微愣,还没反应过来,周身的温度骤然离去。她莫名其妙地看着荆楚的背影,总觉得那一向不可一世的身影忽然染上了一层无力。

她低头看手里的信封,果然是司却的字:

"隐蹊,那日相见,匆匆一别,因身负重任并未久留。若纯的身子因得贵人相救已渐渐好转,我也有要事在身,他日事尽而归。若你过得不愉快,依旧有想要做的事情,我定当粉身碎骨,护你心安。"

司却……林隐蹊握着手里的信，心中一片潮湿。如今现世安好，对她来说已经够了，只是，她想到荆楚刚刚附在她耳边说的话，万事小心，到底是什么意思……

她的视线落在桌上的羊角酥上，狐疑地拿起一块尝了尝，下一秒立刻吐了出来，这荆楚是没有味觉的吗！

她泄气地看向这一桌子羊角酥，没办法，她真的尽力了，看来万俟哀就是没有口福了。

"小姐！"小绿匆匆从外面赶过来，"小姐，拂衣姑娘来找你了。"

林隐蹊皱眉，这才刚刚回府，拂衣这么快就找过来了，是有什么事吗？

她随着小绿出了厨房，拂衣已经在秋苑的亭子里等着了。

远远看去，拂衣正拿着花具，轻轻捣弄着她种下的那些羊角花。那温柔如水高雅恬静的样子，完全看不出她曾是北地蛮女，混迹于勾栏之地。

林隐蹊走上前去，大概是知道她身上有青鸾玉，目光下意识地落在她光洁的手腕上，可是这一次居然什么都没有！林隐蹊柔声笑道："拂衣姑娘。"

拂衣抬起头，眉眼盈盈，见她来了便放下了手中的东西，眼里瞬间染上愁色。

林隐蹊邀她坐于凉亭。

拂衣也没有卖什么关子，径直说道："隐蹊，自你和将军走后，府上盗贼猖狂，我特地来提醒你，看看有没有丢什么重要之物。"

林隐蹊在心里嘀咕着，自己就是一个贼，还怕什么被别人偷。

不过，难道她的青鸾玉已经被荆楚拿走了？但表面上也不动声色地笑道："多谢拂衣姑娘好意，我也没什么值得被偷的。"

可拂衣似乎是还有什么没说完的话，顿了顿才又说道："将军最近待你不薄，你还是小心为妙。"

林隐蹊点着头，虽然荆楚也这么跟她说过，可不知为什么，这话从拂衣的嘴里说出，却有些瘆人。

她没有说话，听得拂衣继续说："我从品良那里得知，将军丢了一样很重要的东西，具体是什么也不得而知。"

"而我……"林隐蹊见她看了看自己的手腕，似乎是无意识地抚下水袖。

林隐蹊思忖着，万俟哀丢的东西，大概就是她第一次见面时从他那里拿走的了，可是这拂衣……

拂衣顿了顿继续说道："那一日闲来无事，便想着找茗香说说话，可回来的时候却发现屋子里有被翻过的痕迹。"

"丢了什么吗？"林隐蹊皱眉。

"也不是什么重要的东西，只是……那是将军知道我爱抚琴，去北地征战时，特地替我从家乡带回来的琴弦……"

拂衣哀伤地低着头，林隐蹊看不清她的表情。只是，为什么要告诉林隐蹊这个，林隐蹊甚至以为她要说的是她手上那青鸾玉。

如果丢了那青鸾玉，大概还能猜到是荆楚干的好事，可拂衣对其绝口不提，只说了无关紧要的琴弦，难不成，那琴弦也有什么不为人知的神奇之处？又或者只是单纯地来告诉她，万俟哀对每个人都是一样好？

林隐蹊却不知道该说些什么，只得淡淡道："那也真是可惜了。"

　　拂衣却没有再提，简单地说了些乱七八糟的事便离开了。

　　可是林隐蹊却坐不住了，她思来想去，不明白的事太多了。荆楚的确让她去偷青鸾玉，可是青鸾玉还没来得及偷走，便已经不见了。

　　难道是司却？林隐蹊想。毕竟是荆楚将司却的信交给她的……这下，她也不得不怀疑他们两个人之间的关系了。

　　林隐蹊想了想，还是决定去找荆楚。

　　将军府上接待贵客的房子大多在南侧的落川苑，除了太子，还有一些门客在这边。不过，林隐蹊还是第一次来这里，本来将军府上林子就多，这下更是绕得她有点头晕。

　　她在路上随意找了些丫鬟问路，好不容易问到了荆楚的居处。刚准备推门而入的时候，却听见了里面有什么动静。

　　她趴在门上，竖起耳朵。可里面只有沉重的喘息，却总是听得有些不真切。林隐蹊皱眉，转而又在门上戳了个洞。

　　透过洞口看进去……

　　她看到男人精壮的肉体……那粗重的喘息声，掩盖了女人的娇喘。

　　林隐蹊腾地烧红了脸，这……这荆楚！

　　她咬牙切齿，荆楚果然是风流浪子，光天化日朗朗乾坤居然做这样苟且的事情！林隐蹊觉得自己都要气到咬舌了，偏偏里面女子娇喘的声音却越发清晰。

她气势汹汹地往后退,准备一脚踢开这狗男女的大门,却刚好落入一个温暖的怀抱。

"没想到我们自诩冰清玉洁的林家二小姐,居然还有这样的嗜好。"调笑的声音从头顶传来。

林隐蹊蓦地回过身,脸上的潮红还没来得及退去,有些不确定,荆楚?

"你怎么在这里?"

"那我应该在哪里?"荆楚放开她,好整以暇地靠着廊上的栏杆。

林隐蹊又狐疑地看了看屋子里:"你不应该在房间里吗?"

"可你不在,我一个人在房间,多无趣……"

荆楚没给林隐蹊说话的机会,忽然揽上她的腰,带着她往外面飞去。

林隐蹊还没有反应过来,只得牢牢地抓住荆楚的衣袖,嘴里却还不忘骂着:"你浑蛋,放我下来!"

荆楚好笑:"你自己走错了房间,倒要怪我了?"

林隐蹊想起刚刚看到的一幅春宫图,脸又红了起来,却说不出话来,只得咬着牙恨恨地朝着荆楚叫着:"你要带我去哪里,快放我下来!"

谁知荆楚还真的手一松,林隐蹊一惊,差点掉下去,赶紧紧紧地搂住荆楚精壮的腰,气呼呼地喊:"荆楚!"

"不是你说的吗?"荆楚无所谓地说了句,却也只是轻轻揽住林隐蹊的身子,并不使力。

于是，一路变成林隐蹊死命扒着荆楚不肯放手了。

荆楚带着林隐蹊来到了一个稍微僻静点的地方，四周是丛林环绕的山，远处有水流的声音。虽然林隐蹊也不知道这是哪里，但如果不是荆楚在这里，倒还真是个闲情雅致的地方。

她脚一落地，便没好气地瞪着荆楚不说话。

荆楚淡淡地瞥了她两眼："你特地来找我一次，不会就是为了瞪我来的吧。"

林隐蹊扔了一个白眼过去，开门见山地说："拂衣的青鸾玉是不是你偷的？"

荆楚沉声一笑，随意找了个地方坐下，声音慵懒："你以为我跟你一样？我要什么东西，还用自己去偷吗？"

"那为什么自你提起后，拂衣的青鸾玉便不见了？"林隐蹊似乎认定了荆楚与这事脱不了干系。

荆楚抬眸，眼里是深不见底的墨黑，他的目光落在林隐蹊的身上，带着一丝低落："林隐蹊，我在你眼里倒是从来不会做什么好事。"

林隐蹊喉咙一梗，说不出话来，不过她才不想被荆楚这副样子所迷惑，她咬了咬唇："我和万俟哀在林府遇刺，你刚好出现；拂衣丢了青鸾玉，你也刚好提及，你……"

她看着荆楚，荆楚却偏过头，目光落在丛林深处，不知道在想些什么。

荆楚忽然轻笑一声："看来万俟哀还真是有能耐，才短短几天，

你便忘了自己是谁的人了。"

林隐蹊没说话，却见荆楚忽然回过头，眼里寒光凛冽："他有那么好，即使将你抛弃在婚宴上，即使让你受尽恶语也置之不理，你还是觉得他是好人？"

"我……"林隐蹊有些不明白荆楚此刻的气愤。

荆楚迈开长腿走过来，挑起她的下巴，逼着她对视："林隐蹊，我要是想做坏事，会让全天下看见我是怎么做的，暗杀或者偷窃，我还不屑。"

林隐蹊别开脸，脱离他的挟制，瞪着他："荆楚，你浑蛋！"

荆楚邪笑，靠近林隐蹊的耳边："浑蛋的事，我会慢慢做给你看。"

林隐蹊忽然觉得手上一紧，荆楚握上了她的手腕。

林隐蹊回过神，瞪着他："你又干什么？"

"又？"荆楚好笑。

等林隐蹊好不容易挣开时，却发现自己戴在手上的镯子不知什么时候已经落在了他的手里。

"你！你还给我！"林隐蹊扑过去，荆楚却轻而易举地就躲过了她。

"万俟哀倒是对你大方。"

林隐蹊知道荆楚误会了什么，便解释道："这不是他给我的，这是我娘给我的！"

"那灵兽呢？"荆楚忽然正色看她，"江湖上的神兽火鼠，如今也只不过是你的一个小宠物吧。"

林隐蹊气喘吁吁地停在他的面前,咬牙切齿地看着他。

荆楚一笑,打量着手里的玉镯,语气过分暧昧:"你可别忘了,你是一个小女贼,沉溺于温柔乡,会手生的。"

"你还给我!"林隐蹊似乎还没有死心。

荆楚却将手镯收起来,墨玉般的眸子落在她的眼睛里:"你要是想要,就从我这里偷回去。"

"你!"林隐蹊最恨别人挑衅了,荆楚这分明是在看不起她的实力。

她瞪着荆楚:"你小人!"

"之前不是还淫贼吗,怎么实力不够,在林小姐眼里担不起淫贼?"荆楚调侃。

林隐蹊自然也不是什么一击就败的人,她志在必得地看着荆楚:"你等着瞧,我一定让你见识到我江北女贼的实力!"

"那好。"荆楚也不甘示弱,"明晚之前,你若是无法从我这里偷回去……那么我就要无条件从你这里拿走一样东西了!"

"那我若是偷回来了呢?"

荆楚嘴角扬起一抹笑:"那你想对我怎么样,便由你了。"

哼!

林隐蹊看着荆楚忽然转身离开,四下阴冷的风吹过来,她忽然打了个寒噤,环顾了四周,她还不知道这是哪里呢!

"荆楚!"她其实还是有些害怕的,语气软了几分,怯怯地喊道。

荆楚在前面回头,林隐蹊快步跟了上去。

直至走到了山下,看到熟悉的环境,林隐蹊才长长地松了口气。

她看着前面的荆楚，又喊道："荆楚……"

荆楚回过头，语气平淡："拂衣的青鸾玉，是因为里面装有北地的奇药才闻名于江湖。我的确让司却去看过，但司却拿到的时候，那已经只是一个普通的玉质容器了，里面的药没有了，所以才要你万事小心。"

林隐蹊愣在原地，还没有弄清怎么一回事，荆楚便轻拂衣袖施展轻功消失在眼前。

看来司却果然是在为荆楚做事，只是，为什么？

林隐蹊正准备跟上去，这才注意到，附近似乎有人走过来。她转身躲到身后的丛林里，却见到了好久不见的茗香，正神色匆匆鬼鬼祟祟地走过。

林隐蹊在心里嘀咕，茗香？

正疑惑着要不要跟过去，却又见小绿出现在眼前，林隐蹊这才出现拦住小绿。

小绿似乎被突然冒出来的林隐蹊吓了一跳，扶着心口道："小姐，你这是去哪儿了，将军在院子里等着你呢，我可是找了好半天了！"

"万俟哀？"林隐蹊蹙眉，万俟哀找我干什么？可是毕竟也不能让他知道自己每天都在到处乱跑。

她只有跟着小绿回去了，却还是不放心地看了两眼茗香消失的地方。

总觉得眼前似乎有一个巨大的陷阱，可是究竟会在哪一步的时候坍塌，却又不得而知。但是，要面对的事情，她林隐蹊从来都不会退缩。

　　秋苑的羊角花开得正艳，林隐蹊回来，便看见万俟哀正立于花前，目光落在那些鲜红的花上，嘴角带着一丝若有似无的笑。
　　林隐蹊缓缓地挪着步子走过去，抿了抿唇："将军。"
　　万俟哀回头看她，嘴角的笑又扬起了几分："回来了……"
　　"嗯。"林隐蹊低头应着，想到自己答应他的羊角酥现在大概是无法兑现了，便有些心虚。
　　万俟哀却伸过手来，手里拿着瓶药。
　　林隐蹊有些疑惑，抬头看他。
　　万俟哀将药瓶放在她的手上，目光落在她的肩上，语气淡淡的："女孩子若是留了疤，会不讨夫君喜欢的。"
　　林隐蹊接过来，才意识到自己身上还是带伤的，只不过，最近已经没有什么疼痛的感觉了。她低头接过："谢谢将军。"
　　万俟哀似乎还想说什么，却只是笑了笑："早点休息。"
　　林隐蹊应着，目送万俟哀出去，却又见他转过来，站在不远处望着她。
　　这还是林隐蹊第一次见到他这个样子，平时总是一副威风凛凛或云淡风轻的样子，而此刻却站在她的面前，一副欲言又止的模样。
　　"林隐蹊。"他喊她。
　　"嗯？"
　　万俟哀忽然轻笑一声，他也不知道此刻的自己为什么会像个孩子一样，居然有点手足无措。他缓了缓，说道："本来想托品良告

诉你的，可是终究还是不想错过你的表情。"

他定定地看着她，眼里倒映着小小的她："明晚灯会，要一起去看看吗？"

"灯会？"林隐蹊有些吃惊。

"我听林夫人说你向来喜欢热闹，这里的灯会，也听说是很好的，所以……"万俟哀顿了顿，"想着你或许会喜欢。"

林隐蹊微愣，万俟哀这是在邀请她去灯会？

她有些不敢相信，却又听万俟哀淡淡地开口："最近府上盗贼猖獗，我想了想，贵重的东西自然要带在身边的。"

林隐蹊看着万俟哀落在她身上的目光，仿佛那贵重的东西说的就是她一样，她尴尬地笑着："可是，我也不是什么东西……"

"有时候宁愿你是。"万俟哀移开目光，看向远处。这样无论是带兵出征，还是春游踏青，都可以带你在身边了。

可他只是笑了笑："我听品良说，你们女孩子家出门前总要打扮打扮。所以明日日落之前，我在街口等你。"

万俟哀说完便走了，徒留一地盈盈白月光。

空旷寂寥的空气里，林隐蹊听着远处的蛙声缠绵，始终有些不确定，万俟哀真的是在约她去灯会了？

可是，去了又能怎样呢？

最美的星星，最美的夜景，总归是要和心上人看，才会看出其中的乐趣吧。

第十六章

从此以后分道扬镳,
他养他的金丝雀,我当我的将军夫人!

林隐蹊第二天又是被小绿嚷嚷醒的。她坐在床上,还没从睡梦中缓过来,小绿便拉着她焦急道:"小姐,将军约你去灯会,你就不能积极一点?"

林隐蹊揉揉眼睛,这天不是刚亮嘛。

她狐疑地盯着小绿,从林府回来,还没来得及问她和品良发展得怎么样了,可眼下看来,一定非常顺利了,要不怎么最近胳膊肘老往外拐。

她也没有反抗,由着小绿给她梳洗打扮。

"小姐,你看你要穿哪件衣服呢?

"小姐,你看这支簪子怎么样?

"小姐,你手上夫人送你的镯子呢?"

镯子？林隐蹊瞬间瞪大了迷蒙的眼睛，说起镯子，那可还在荆楚那里呢！说好一定会偷回来的，可不能让他小瞧了去。

她迅速穿好了衣服，简单地收拾了下，也不顾小绿在后面喊着，连走路都嫌慢了腾起身子就往落川苑去了。

林隐蹊这下仔细了一回，算是找对了地方。太子住到将军府上，万俟哀自然会把最好的地方腾出来。

可林隐蹊总觉得，这处与府上其他建筑格格不入，倒像荆楚特地为自己建起了一块领地。一眼望过去，就与荆楚浑身上下不正经的气息莫名其妙地吻合，除了门口站着的两个石像一样面无表情的侍卫。

林隐蹊走上前，想到荆楚便没有什么好语气："你们太子呢？"

侍卫上下打量了她两眼，默不作声。

林隐蹊心里闷哼了两声，表面上却立马故作亲切，摆着笑脸："告诉我你们太子在哪里？"

侍卫依旧缄口不言，林隐蹊便怒了，刚准备硬闯进去，却看见荆楚的房门忽然打开了，两边的侍卫俯首作揖，却被来人打断。

林隐蹊一愣，出来的并不是荆楚，而是一个小姑娘，只见她穿着一身淡绿色的百褶月裙，年纪不大，双颊红晕，容貌娟秀，一双铜铃般的眼睛落在林隐蹊的身上，声音也如银铃一般清脆："你是林隐蹊？"

林隐蹊看着她，心里想着难道她是荆楚的……金屋藏娇？

可是，这姑娘看起来如此清秀可人讨人喜欢，并不像会喜欢荆楚那种人的人。但是她怎么知道自己的名字？

林隐蹊犹豫着点头，喃喃问道："你是……"

小姑娘并没有回答她的问题，只是紧紧地看着她，眼里是小女孩特有的狡黠："荆楚哥哥去街上给我买桂花酥了，你找他有什么事吗？"

荆楚哥哥……林隐蹊抖落了一地的鸡皮疙瘩，摆着手连连摇头："没没没，没什么事，那我先走了。"

她也不想多待下去，说完便转身仓皇地逃开，心里却一直咽不下那口气：荆楚哥哥买桂花酥！一个堂堂太子，随便派个人去买不就好了，居然还要亲自去！不管了，他要是去了街上，就找到街上去！拿回自己的东西，从此以后就分道扬镳，他养他的金丝雀，我当我的将军夫人！

林隐蹊往外走着，却也不知道自己哪里来的这么大的怨念。

今日，街道果然跟平时不一样，比以前更加热闹。

路两旁张灯结彩，天色还早便已挂起了各式各样的纸灯，一些小摊也相继摆出来，都是些新鲜玩意儿。路上几家的公子小姐已经锦衣华服成双入对，似乎只等天暗便携手共赏花灯定下姻缘。

林隐蹊忽然来了兴致，先前的不愉快一扫而光，街头巷尾，从吃的到玩的，一时半会儿下来，还没有她没有碰过的，一逛下来，一个白天都过去了。

天色渐暗，街上的人渐渐多了起来。林隐蹊挤在人群之中，脸上是兴奋难以自持的表情，正往路边卖糖葫芦的挤过去的时候，忽然瞥到一抹淡蓝色的身影，那颀长挺拔的身形在人群之中格外亮

眼——优雅华贵，气质斐然。即便是如此一晃而过，林隐蹊也能瞬间确认，是荆楚！

林隐蹊转着眼珠子，既然撞上了，也别怪她不客气了。

她尽量使自己缩在人群中，逆着人潮往荆楚那边挤过去。来来往往的人群擦肩而过，正是上手的好机会，她见荆楚停在一个卖首饰的摊前。

身后人潮汹涌，林隐蹊混在里面，是看不见头的，她微弯着腰，透过人潮的缝隙缓缓将手伸向那蓝色衣袍的腰间。

可手指刚碰到衣袍的丝线时，一阵冰凉的触感从指尖传到手腕——荆楚握着她的手腕，硬生生将她从拥挤的人群中扯到身前。

"姑娘，别来无恙。"荆楚握着她的手还没放开，看着她的双眸深似海。

林隐蹊没好气地瞥了他一眼，用力甩开他的手，揉着自己微微红起来的手腕，却发现自己手上不知道什么时候竟多了一只镯子。

并不是原本娘给的那只。

这只质地剔透细腻白银缠丝的翡翠镯子，明明是很好看的，偏偏中间镶了一颗大红珠子，甚伤大雅。

林隐蹊有些嫌弃地准备从手腕上扯下来，却发现那镯子好像是长在手腕上了一样，无论如何也脱不下来。

她瞪着旁边一脸欠打表情的荆楚，语气不善："我的镯子呢，你还给我！"

荆楚扬眉，笑道："不是自己来偷吗，这么快就放弃了？"

才不会放弃呢！林隐蹊仰起头，将手举到荆楚面前："那这又是什么？"

　　荆楚笑了声："你说是什么，便是什么了。"

　　"你！"林隐蹊气呼呼地说道，"天还没黑透，我们的游戏可还没有结束！"

　　"哦？"荆楚微侧着头打量着她，"不知姑娘还有什么花样？"

　　林隐蹊哼了一声。最起码也要假装离开才能趁其不备再偷一次啊，便转身欲走。

　　荆楚在身后叫她，林隐蹊回过头。只见荆楚身影一晃，他的手便揽在了林隐蹊腰上。这次可不会任由着他摆布了，林隐蹊凝起内力，准备挣开他自己飞起来。可是，荆楚笑着，温良如玉的样子，手上却正握着她腰上的缎带，状似无意地晃起来。

　　林隐蹊愤恨地看着他，他绝对是故意的！他明明知道若是她挣开他的手，只要他不松开缎带，那么腰带便会随着她的离开散开来，那么……

　　好在荆楚这次并没有带她去很远的地方，两人在路上紧靠在一起明争暗斗了一番，最终却落在街边明湖上的一条小船上。

　　摇摇晃晃的乌篷船，上面并没有撑船的人，倒像废弃在这湖上的一样，可是两旁街景如此诗情画意，大家怕是巴不得能租一条小船，在船上饮酒作乐共赏花灯，所以谁会废一条船在这里。

　　林隐蹊好不容易站稳了身子，看着面前稳稳当当的荆楚："你简直是奸诈！"

　　"哦？"荆楚偏头看她，手里还摩挲着林隐蹊的镯子，似乎在等她说下去。

"你把我带到这里,又把镯子捏在手里,分明就是不给机会我偷!"林隐蹊气势汹汹。

荆楚一撩衣袍,在船头的桌前坐下来,背对着林隐蹊:"这样不是更好?我就在这里,哪里也不去,省得你还要找我。"

林隐蹊咬牙切齿了一番,如今也没有别的办法,只得走到船头坐下来。

小船在湖面上晃晃悠悠,顺着水流缓缓动着。林隐蹊看着荆楚将玉镯子放在桌上,手里拿着那面白玉面具。

似乎从最开始见面就看见他随身带着这个面具,却也只是挂在腰间,并未见他用过,照荆楚这样的性子,大概也只是骚包吧!林隐蹊想着,眼睛却一刻也没有从桌上的手镯上离开。

荆楚修长的手忽然盖住镯子,林隐蹊深知自己有些太明显了,将视线移开环顾四周,开口道:"你从哪里偷来的船?"

"你倒是以为所有人都跟你一样。"荆楚淡淡地开口,摆弄着桌子上的茶具。

"不然呢?"林隐蹊挑眉。

"自然是我的船了。"

林隐蹊觉得好笑:"你不要告诉我是你买的哦,你堂堂太子买一条这么破的船,你的钱都用来金屋藏娇了吗?"

说起这个,林隐蹊倒是记起下午在他屋子里的女人。她恶狠狠地瞪过去不再说话,似乎在等他的解释。

荆楚倒满茶水,微微抬眸看了眼她:"你去找我了?"

"真不好意思,还碰见你的小红颜了。"

她见荆楚抿着唇眼角似乎还藏着笑意,便更来气:"没想到你是这样的人,那小姑娘还只有十四五岁吧,人家还有大半的路没有走,你就让人家跟着你,要是人家以后遇上了自己喜欢的人呢?"

荆楚放下茶杯,喉结微微滚动:"若真是喜欢的人,不管多么早,遇上了便就是一辈子了。你在意?"

"谁在意了!"林隐蹊没发完的气梗在喉咙,微微嘟哝了几句,"说了这么多,就是舍不得买条大船了……"

荆楚挑眉看她:"怎么,嫌小?放心吧,你我二人,在这船上无论做点什么,都足够大的。"

果然,话不过三句必然没正经,林隐蹊不想再说话,眼下只想拿回自己的镯子,况且天色也不早,万俟哀昨天也说过……

她别过头,朝着街上的人群中看过去,人群熙攘,万俟哀大概是快到了吧。

她叹了口气,并没有意识到荆楚落在她身上的目光。既然明偷偷不过来,那也只能——明抢了!

林隐蹊忽然换了表情,眯起眼睛笑得一脸灿烂地看向荆楚:"哎,荆楚……"

荆楚回眸。

"没想到你坐在这里喝着茶不说话的样子,还挺人模狗样的!"

荆楚瞥了她一眼,忍住嘴角没有抽搐。

林隐蹊似乎才意识到自己的表达有些人神共愤,赶紧摆着手:"我的意思是,丰神俊朗,气宇轩昂!"

"那我说话的时候呢?"

流氓！小人！淫贼！可这些也只敢在心底说说，林隐蹊依旧保持着面部表情笑得谄媚："就更加的玉树临风面如冠玉了！"

　　"嗯，这个我很早就知道了。"荆楚的目光变得深远，似乎是想到了什么，又倒了一杯茶，推到林隐蹊面前。

　　自恋！林隐蹊轻嗤着，心里的小算盘却打得正欢，她双手拿起茶杯放在一边，连着茶壶也推过去了，表情认真地趴到桌子上，靠近荆楚深情款款地看向他："镯子我不要了，你若是要从我这里拿走什么……"

　　林隐蹊边说，边倾着身子靠得离荆楚越来越近，语气也变得轻缓，却还是免不了手心渐渐发热，荆楚的目光却似直直地看进了她的心里，她垂眸故作娇羞道："我给就是了。"

　　荆楚看着林隐蹊慢慢靠过来，眼里似有星辰般明亮闪烁，明知道她的小心思，可此刻还是微怔了神。

　　她的气息扑面而来，带着淡淡的香味，就像很久很久以前一样。

　　林隐蹊看着荆楚渐渐迷蒙的视线，嘴角扬起一丝笑，手缓缓地伸向他的腰间——又是一次快要得手，船身忽然一个颠簸。

　　糟了！林隐蹊瞪大了眼，本来就是重心不稳，如今眼看着就要往荆楚那边扑过去，偏偏荆楚又紧紧握着她的那只手在他的腰上，少了一只手作支撑，倒不如说是荆楚故意拉着她倒过去。

　　她没有看见荆楚嘴角一抹诡异的笑，情急之下只得另一只手飞速地拿起桌子上的面具隔到二人之间，她紧紧地闭上眼，顺着船的颠簸倒下去。

　　柔软的唇隔着面具，好像……刚好落在他的唇上。

还好，隔着面具。

林隐蹊蓦地从荆楚身上站起来，脸红成一片。

荆楚缓缓将面具拿下。林隐蹊呆呆地看过去，似乎有一瞬间的滞愣，随即又甩了甩头，气急败坏地朝着荆楚叫着："你怎么这么小人！"

荆楚却一脸无辜："风大，船不稳。"

林隐蹊努力回忆刚刚是不是真的有刮过风，却听见荆楚又一副戏谑的语气："倒是你，这么迫不及待地想要给我……"

一听他又不正经起来，林隐蹊匆忙打断他，举着手里的镯子："我已经偷回来玉镯了！你说过你会答应我一件事，我现在要……"

"要我？"

"你无耻！"

林隐蹊瞪他，虽然眼前的人殷红的唇的确让人想咬一口，但是她林隐蹊还没有饥不择食到那个地步。

"我们明明已经说好了，而且我已经偷回来玉镯！你现在想反悔？"

"晚了，天已经黑了。"

林隐蹊刚想怒起来，却听荆楚不缓不急地说道："你看。"

她顺着荆楚的目光看过去，刚刚还氤氲在夜色之中的街道，花灯盏盏亮起，眨眼间，长街当歌，灯市如昼。湖色倒映着两岸的灯火，欢声笑语裹挟而来，湖面上泛起层层涟漪。

一瞬间，竟有了种人生得意须尽欢的感觉。

她侧头看了眼荆楚，月光皎洁，他手里的面具还泛着盈盈白光，照着轮廓分明的侧脸……林隐蹊呆呆地看着,想起他刚刚拿下面具时的惊艳,喃喃道:"荆楚,我是不是……"

荆楚回过头,眼里不知是星辰还是灯火,目光里有她的身影。

林隐蹊有一瞬间的晃神,她想了想,低下头,看着自己手腕上那只摘不下来的玉镯,淡淡道:"没事……"

照荆楚的性子,要是她问出来是不是见过他,怕是又要对她冷嘲热讽一番了。

不过,她总觉得一定在哪里见过他。

月上柳梢头,微风拂柳之间,荆楚负手立于船头。林隐蹊轻嗤,不就是看个风景嘛,用得着一副君临天下的感觉吗!

荆楚忽然回过头,意味深长地看着她。

林隐蹊瘆得慌,移开目光,却忽然瞥见了那街头柳树下层层灯火也掩不住的白色身影。

万俟哀,林隐蹊一惊,他难道还等着自己?

荆楚的声音透着凉意,在背后响起:"怎么,被捉奸了?"

林隐蹊瞪了他一眼,刚准备起身飞过去,却被荆楚抓住了手腕。

"你!"林隐蹊回头想挣开,荆楚却面无表情地示意她看回去。

那边,一身白衣如雪的万俟哀身边,却多了同样一身白衣的拂衣。拂衣低眉浅笑,万俟哀温润如玉。

周边的人也都驻足回望,好一对璧人。

"原来等的并不是你。"荆楚的声音冷不丁响起。

林隐蹊挣开手,看着荆楚:"要你管!"说着便又腾起身子。

荆楚这下却没有拦她,花灯也赏了,礼物也送了,今日便好好歇息吧。

荆楚站在船头，抬头看着那一轮硕大的月亮，心情忽然变得很好。

林隐蹊没有去找万俟哀，虽然说了是约她，可是既然人家都跟别的姑娘一起成双成对地出现了，她又怎么会插进去呢。

况且，今日玩了一日，又跟荆楚闹了一阵，也累了。不知道为什么，每次遇到荆楚准会被闹得身心俱惫。

林隐蹊拖着身子走在回府的路上，却看见在荆楚屋子里的那个姑娘正往她回来的路上走去，如果没记错的话，跟在她身后的侍卫和一直跟在荆楚身边的是同一批。

林隐蹊不知道为什么忽然有些生气，刚刚荆楚还说万俟哀来着，他自己也不是什么好人！明明已经约了人，还要来招惹她。

她在黑暗里盯着人家走远，才又接着往回走。

可没多久，气愤变成落寞。林隐蹊耷拉着脑袋，撞上了同样耷拉着脑袋坐在将军府门前石阶上的小绿。

主仆二人，一个眼神便有了惺惺相惜的感觉。林隐蹊走过去，靠着小绿坐下来，抱着膝盖看着天上的月亮。

小绿侧过头，眼睛还有些红肿，有气无力道："小姐，你回来了。"

"嗯，"林隐蹊点点头，"回来帮你收拾品良。"

小绿泪眼蒙眬地看了林隐蹊好一会儿，忽然扑到她的怀里，立刻哭了出来："小姐，我刚刚对品良发脾气了……我是不是太过分

了!"

林隐蹊拍着她的头,扶她起来看着她的眼睛。

小绿吸了吸鼻子,断断续续说道:"本来约好一起去灯会玩的,可是小春她忽然不舒服,品良便说要去看看,就算我拉了他好一会儿不让他走,可是他最后还是说先回去……"小绿说着说着眼泪又流出来了,"然后我就……我就……生气了,说你要是去了就不要来找我了,还说了小春很过分的话……然后我等了一晚上,他真的没有再来了。"

"唉!"林隐蹊叹了一口气,擦着小绿脸颊的泪,"没事的,品良他那么喜欢你,一定舍不得生你气的,可能是小春病得真的很厉害,你明天也去看看,品良就会很开心了。"

小绿看着她:"真的吗?"

"嗯。"林隐蹊点头。看着小绿笑开了颜,总算是稍稍好点了。要是以前,看见小绿这样受欺负,她定是会杀到那人家里。可是,现在已经不一样了,小绿会心疼。

她拉着小绿站起来:"走吧,回去吧……"

"哎,还没问你和将军……"

小绿没说完的话卡在喉咙里,林隐蹊看过去,万俟哀正带着拂衣回来,他们的身后,跟着品良和小春。

品良的手上,似乎是拿了不少在灯会上买的东西。

林隐蹊看了眼小绿,她正低着头,半张脸掩在阴影之下。如果可以的话,她也不想去面对这样的尴尬。

她定了定神,朝着对面的人笑:"将军,拂衣,你们回来了。"

万俟哀看着她，眼里有一瞬的哀伤："隐蹊……"

林隐蹊依旧笑得一脸体贴，她觉得自己有些无法面对现在的万俟哀，虽然在他看来可能是她爽了约，可事实毕竟是她先和荆楚纠缠着忘了时间……而现在万俟哀一脸愧疚，所以，她真的是很真诚地在安抚万俟哀。

只是……

她看了眼品良，他的目光从一开始就落在小绿的身上，许是意识到林隐蹊在看他，便低下了头去，可是拿着东西的手却是青筋毕露。

林隐蹊暗暗叹了口气："那……将军，我们就先回去了……"

林隐蹊拉着小绿快步离开。所以也终究不会看到，万俟哀那渐渐暗下去的眸子。

拂衣看着林隐蹊头也不回地走远，低眉颔首"将军，隐蹊她……是不是误会了什么……"

万俟哀看着林隐蹊离去的方向，没有说话。

"将军一片好心，只是想为隐蹊选礼物，却又不知道女儿家喜欢什么，看着我平时与隐蹊走得近，便拖了我去参考……"

"况且，隐蹊她……"拂衣试探性地说道，"和……在船上……"

"嗯。"万俟哀打断了她，却紧紧握着手里的盒子，棱角硌得手心生疼，他淡淡地开口，听不出任何感情，"辛苦你了。今日便早些回去歇息吧。"

"我会向隐蹊好好解释的。"

"不用了。"

拂衣微微抬眸看着万俟哀,他带着品良离开,自始至终都没有看过她一眼。她苦笑一声,月色洒在她的脸上,此刻她的眼神像淬了毒的刀子一般,盯着林隐蹊离去的方向。

林隐蹊,你得到的太多了……

"小春,"拂衣的语气冰冷得可怕,"明日早些去请茗香过来。"

"是。"

第十七章

万俟衷,
究竟有没有心呢?

小绿大抵是一晚上都没有睡,林隐蹊一早上一直盯着她看——话说昨天晚上应该是很伤心才对,可现在虽然肿着眼睛,但其他一切都算正常,擦桌子这件事依旧是一丝不苟地进行着。

"小姐,你看得不累吗?"小绿无奈地对上林隐蹊的视线。

林隐蹊摇着头:"想好了要我怎么帮你收拾品良吗?"

小绿停下了手里的动作:"品良他一定是有什么原因的,所以我不怪他了!"

"是吗!"林隐蹊欣慰地坐下来,"总觉得你长大了点,越来越懂事了。"

小绿看着比自己大两岁的自家小姐:"小姐,你要是喜欢上了一个人,也会开始长大的。"

林隐蹊觉得无趣，没说上两句，小绿就开始对她说教了。

"对了，"小绿忽然想到什么，"我今天早上出去的时候，在拂衣姑娘的寰湘苑那边看见茗香了。"

"茗香？"林隐蹊不明白小绿想说什么，"怎么了，很奇怪吗？"

"嗯……"小绿思索着，"就是感觉茗香姑娘怪怪的，鬼鬼祟祟地绕在井边不知道在干些什么，我喊她，她还狠狠瞪了我一眼。"

林隐蹊忽然想起来前不久似乎也在那个地方看见过茗香，那个时候也觉得奇怪来着。如今说起来，茗香三番五次在那里鬼鬼祟祟的，倒真的是奇怪。

"哎，没事。"林隐蹊摆了摆手，倒了杯茶，"不惹上咱们就好。"

小绿点头，端着盆水准备出去，推开门便看见了立于门前的万俟哀。

林隐蹊惊得放下茶杯赶紧站起来，颔首行礼："将军。"

万俟哀依旧是一身白衣，只是比起之前的广袖长裾，今日倒穿起了束袖白袍，显得精神了许多，看起来越发俊朗了。

可是这并不能缓解林隐蹊的紧张，她眼神怯怯地看着万俟哀走进来，有些手足无措了。

"今日天气很好。"万俟哀偏偏又说了句莫名其妙的话。

林隐蹊尴尬地附和着："嗯嗯，是的！"

"现在有什么事吗？"

"没有没有！"林隐蹊摇头。虽然不知道万俟哀要干什么，可是昨天好歹也是自己爽约在前，在心理上还是要补偿万俟哀的。

大概是自己着实滑稽，万俟哀忽然笑起来："要不要跟我过来?"

"去哪里?"

林隐蹊是一路跟着万俟哀走出来的,照她平时能飞就不会走的性子,现在也的确不敢放肆。

她跟着万俟哀,停在了一片小林子前。旁边有青青的草,伴着流水潺潺,柳树随风轻拂湖面,撩起圈圈涟漪,真是春光无限好。

林隐蹊咂舌,万俟哀简直太会享受了,好好的将军府,按理说不应该都是兵场士兵之类的,可万俟哀这地方除了山就是水,还占着这么多土地……

她吐了吐舌头:"为什么来这里?"

万俟哀转过来:"看出什么了吗?"

该看出什么?林隐蹊又看了几眼,想了想:"看出来了,很美。"

万俟哀轻笑一声:"昨日托品良去找了些花苗,在这里种下了五十九株羊角花……"

羊角花?林隐蹊一愣:"为什么要种这个……"

"我听小绿说,你喜欢。"万俟哀负着手,衣角在风里轻扬,"也听你讲了羊角花的故事……"

林隐蹊看着眼前一片小小的枝丫,心头一阵温热:"这些都是你亲手种的?"

"嗯。"万俟哀淡淡点头,"想叫你过来帮忙,毕竟你院子里种过些,会比我种得好,可是又不见你……"

万俟哀没有说下去,可林隐蹊却深觉有愧。昨天他在这里一株一株栽种着这些花的时候,自己正玩得欢,甚至连和他之间的约定

都忘了。

林隐蹊低下头,支支吾吾地想引开话题:"为什么是五十九株……"

"那个故事,你没有讲完。"万俟哀淡淡开口,声音温润,"神仙祝福了六十对姻缘,所以在六十朵羊角花上做了标记,拿到那六十朵羊角花的,便可以得到神的祝福。从古至今,已经有五十九对夫妇收到了祝福。"

"牛郎织女、嫦娥后羿……"万俟哀忽然摊开手,手心里静静躺着一支琉花簪,顶尖恰巧是羊角花的样子,"我想,这个簪子就应该是神仙做的标记吧。"

"昨日你没来,我便托拂衣帮忙选你们小姑娘喜欢的东西。后来一眼便看见了这个,大抵是注定了。"万俟哀语气悠长,目光落在林隐蹊的眼睛里。

林隐蹊呆呆地看着万俟哀,鼻头酸涩,却说不出话来。

他居然还会去问拂衣自己喜欢什么……她甚至都不敢想他去找拂衣时的表情,会是怎样的……是不是也像现在这样,充满了期待。

"万俟哀……"林隐蹊哑着嗓子,念出他的名字却又不知道该说些什么。

万俟哀笑着握住她的手,将簪子放在她的手心:"林隐蹊,下次,等到羊角花盛开的季节,我唤你一声娘子可好?"

林隐蹊有些怔住了,握着手里的簪子。万俟哀忽然俯身抱住她,下巴搁在她的头顶。

这一刻,林隐蹊在万俟哀的怀里,温柔的风像万俟哀温柔的眼睛，她很努力地想要听清楚万俟哀的心跳，却发现耳边，只有风声缠绵。

一阵急促的脚步声扰乱了这片刻的宁静，林隐蹊慌乱地从万俟哀的怀里退出来。

品良急匆匆地赶过来，抱拳跪地："将军，寰湘苑前的花园枯井里发现了一具尸体……"

尸体？！

林隐蹊一惊，难不成又有刺客？她看着万俟哀忽然凝起的眉头，却听品良声音隐忍，继续说："是拂衣小姐的婢女小春。"

"小春？"林隐蹊心里涌起一股不安，几乎第一时间就想到了小绿。她看向万俟哀，却发现他的眉头松了下来。

她来不及多想，又问品良："小绿呢？"

品良一直低着头，没有看林隐蹊的眼睛："小绿……她没事……"

林隐蹊稍微松了口气，万俟哀轻拂衣袖："去看看吧。"

林隐蹊和万俟哀赶到寰湘苑的时候，里面已经乱起来了。

小绿正跌坐在地，半边脸肿得老高，脸上还有鲜红的血印，可眼里却是隐隐的倔强。林隐蹊慌忙跑过去，扶起地上的小绿，语气急切："小绿，你没事吧？"

小绿捂着脸，看了眼身后跟着进来的品良，摇了摇头。

林隐蹊跟着看向品良，却见他始终没有看过来。

拂衣俯在桌子上哭得正伤心，而茗香却在一旁气定神闲地喝着茶，见了万俟哀便迎了上去，语气谄媚："怎么连将军都惊动了，只是一点小事罢了。"

　　万俟哀语气冷冽："怎么回事？"

　　"大概是我们林小姐家这丫头不如林小姐有教养，害死了拂衣姑娘的小婢女而已。"

　　"你乱讲！"林隐蹊瞪着茗香，以前总看在万俟哀的分上，和茗香维持着表面的和平处处让着她，如今就算万俟哀在这里，她也顾不得那么多的礼数了，小绿脸上的伤，怕也是她打的了，"你凭什么在这里信口雌黄！"

　　"哼，"茗香极其不屑，"那你让品良说说，是怎么一回事。"

　　万俟哀看着品良，示意他说出来。

　　品良抱拳跪地，始终低着头："我与小绿姑娘和小春姑娘大抵是有些误会，小春姑娘死之前，曾说要去找小绿姑娘解释，便在后花园里见了面，我隔得远并没有听清楚，只知道她们……似乎是发生了什么争执……小春姑娘被小绿姑娘推在了地上……"

　　"后来呢？"这时一边的拂衣淡淡开口，声音带着痛哭之后的喑哑。

　　品良顿了顿："后来，我因为有将军吩咐的事情便离开了……再后来，就是小春……"

　　林隐蹊看着品良，眼里充满了不可置信："你什么都没有看见你就断定是小绿了！你可知道小绿她……"

　　"小姐。"小绿低着头，打断了林隐蹊。

"哟，自己家的奴才当然自己心疼。"茗香又故作姿态地走过来，俯视着林隐蹊，"关键是你们家奴才还口口声声说看见我一直在那口枯井边鬼鬼祟祟的，这是怀疑我咯？"

林隐蹊咬牙切齿地看着品良，心里却只有对小绿无尽的心疼。小绿全心相信的人，却那么不信她。早上还心心念念地将他挂在心头，可如今那人却站在悬崖边，将她一步一步推向深渊。

"够了。"万俟哀沉声呵斥，茗香也住了嘴。

拂衣趴伏在桌子上，眼里无光仿佛是死了一样，声音透着死寂："小春从小便陪我长大，我一直视她如亲姐妹般。如今，却这般保护不了她……不关小绿的事……是我……"

林隐蹊看过去，眼里带着感激，她紧紧握着小绿的手。她知道拂衣的感受，毕竟她连小绿受一点委屈都看不得。

"究竟是怎么一回事？"万俟哀淡淡开口，似乎丝毫没有被眼前的事情影响到情绪。

"前些时日，我弄丢了一直戴着的青鸾玉，当时以为是自己大意。后来又丢了琴弦，也只是以为府上盗贼猖獗而已，并没有多想。"拂衣红肿的眼睛呆滞着，慢慢地说着，"今日茗香喊我过去坐坐，说是有些事情要说，我自觉身子不爽朗，便差小春去通告一声。可是一去两个多时辰都不见小春回来，心也慌了起来，派人去找了，才在井边发现了小春的头饰，那是我给她的东西……后来家丁从井底把小春捞上来……她的脖子上，还缠着那些琴弦……"

林隐蹊皱起眉头，茗香却忽然尖叫起来："你的意思是我有猫腻了？是我故意找你过去然后再害你一个奴才了？"

拂衣却并没有因此有多大的触动，依旧眉眼淡然："也许只是巧合吧……"

林隐蹊却忽然怒了起来："小绿说的你们不信，可是我也曾看见过你在枯井边鬼鬼祟祟，如果你没有什么问题，那你告诉我你在干什么！"

茗香忽然眉眼闪躲，支支吾吾地说不出什么，只能故作镇定："那我又有什么理由去杀一个小婢女？"

"小绿也不会做那样的事！"

"那可就不一定了，谁知道那两个奴才暗地为了品良较了什么劲！"茗香丝毫不甘示弱。

"对不起，小姐。"一直在旁边低着头没有说话的小绿忽然开口，"如果再来一次，我一定不会喜欢品良了。"她的声音在这忽然之间的沉寂里显得格外寂寥，似乎是梦呓般，"现在也不喜欢他了。"

不会再傻傻地在他必经的路上等上好几个时辰，只为见他一面假装偶遇；不会在他练功的时候躲在树后面，放上她辛苦做的糕点；不会再在下雨的时候，想为他送一把伞……

品良忽然抬头看向小绿，可是再也不会像以前那样，无论什么时候回头，都会遇上她仓皇的目光。

拂衣忽然站起来，眼神定定地看向茗香："因为小春去找你的时候不小心看见了，你的那些药……"

茗香的瞳孔忽然急遽收缩："你在说什么？"

"那些你不断加在我的饭菜里、放在林隐蹊的香炉里的，毒药……"

林隐蹊瞪着眼，似乎有些不敢相信，茗香一直以来都在给她们下毒？！可是，自己也没什么事情啊……

"你姐姐是神医，所以你的那些毒药，不至于让人马上死去，却会慢慢地杀死一个人，好像我们能活多少天，都是由你决定的。"

"你胡说！"

林隐蹊呆呆地听着，而一旁的万俟哀始终没有说话，眼睛看着门外。

"就这样吧……"万俟哀忽然回过头，看向林隐蹊，"天色也不早了……"

"先将茗香关起来。"

闻言，茗香立刻面目狰狞起来："将军你是在怀疑我！就因为这个没来几天的女人你就怀疑我做了这样的事，你有没有想过我姐姐！她为了你……"

"够了。"万俟哀依旧没有表情地打断了她。

几个侍卫扣住茗香的肩膀欲将她带走，茗香却越发激动地嘶喊："万俟哀，你居然这样对我，你明明答应过我姐姐的，你对不起我姐姐！你对不起我姐姐！"

侍卫压着茗香渐渐离开，狭小压抑的空间忽然变得安静下来。

"品良你先下去吧……"万俟哀淡淡开口，"事情我会派人查清楚的，你们先各自休息吧。"

末了，他又看向林隐蹊："我会多派些人去秋苑，事情没有水落石出之前，不管是谁都不会敢危及你的。"

林隐蹊扶着小绿起来，看着万俟哀转身离开的背影，不带一丝

温度。

　　她甚至觉得自始至终万俟哀都没有在意这件事情，他一直站在旁边冷眼旁观着，仿佛看的只是一场戏而不是一条人命，现在看累了，也便打发着散场了……

　　从在羊角花林那里开始，她靠在他的胸前，她就在想，万俟哀，究竟是有没有心的呢？即使他那么温柔地说着那些让她心动的话，却好像也只是念着故事一样，她一点都感觉不到温度。

　　可是刚才，茗香说起她姐姐的时候，他那一瞬间微微皱起的眉头和微怒的神情，她才知道，万俟哀是有心的。只是他的心，从来都不在这里。

　　她转头看着拂衣，轻声说了谢谢，便扶着小绿离开了。

　　路上。
　　林隐蹊走在前面，小绿忽然叫住她。
　　"小姐对不起，给你添麻烦了……"
　　林隐蹊摇头，她觉得小绿好像忽然长大了许多，不会再像以前那样受一点点委屈就跑过来跟她哭诉。她走上前拉住小绿的手，心里有一瞬间的慌张："说什么呢你！这不关你的事。"
　　小绿顿了顿："其实品良他说的全部都是真的……"
　　"你还在想着替他说话呢？"
　　"没有，"小绿摇着头，眼神暗淡无光，"只是站在陌生人的角度，肯定他说的事实。"
　　"小姐，"小绿忽然抬起头，看着林隐蹊的眼睛，"那个时候小春的确是跟我解释什么，我不愿意听，走的时候还不小心撞倒了她，可我当时并没有在意，径直走了……"

林隐蹊看着小绿渐渐暗下去的眸子，说话的声音仿佛呓语般："可是如果我当时扶起了她，她是不是就不会死了呢？"

林隐蹊摇着小绿的肩，似乎是要把她唤回来般，语气激动："不是你的错！这不关你的事！"

可是小绿却好像并没有听到般，她看着小绿的目光渐渐凝聚在她身后，回头，果然，看见了品良站在那里，眉眼黯然，脸上愁云惨淡。

林隐蹊将小绿拉到身后，瞪着品良。既然都已经伤害了，现在出现又有什么必要呢。

品良抱拳："夫人，我有些话想对小绿姑娘说……"

林隐蹊并不是赞成的，她回过头看小绿。小绿一直低着头轻咬着唇瓣，过了一会儿又听她缓缓说道："小姐，你先回去吧……"

林隐蹊犹豫着看向小绿，小绿却忽然朝她笑："没关系的，有些话还是要说清楚，不能给小姐蒙羞嘛。"

小绿说着便推着林隐蹊离开，林隐蹊即使有再多的不放心，可既然小绿坚持，那么她也只能让她自己解决了。

林隐蹊并没有回秋苑，一个人漫无目的地在路上闲逛，万俟哀温润的嗓音还在她的耳边盘旋不去。

她想去信他，却又不敢信他。

林隐蹊叹了口气，她有时候也挺羡慕小绿的，可以直面自己的心，爱了就去爱，不爱了也能释怀。而她自己，心在哪儿呢？

等她回过神的时候，已经不自觉地走到了荷花池边。

林隐蹊走到湖边，看着微风轻抚湖面，层层涟漪之中倒映着她若隐若现的脸。

忽然，身后出现一个黑影，林隐蹊还来不及回头，便被推进了湖里。

"扑通"一声——

来不及尖叫，层层叠叠的水便扑面而来，漫过她的鼻腔她的眼睛，她在水里拼命扑腾的时候还在想，自己不会就这样被淹死了吧？可是，她还有那么多事没有做，还有要喜欢的人没有喜欢……

林隐蹊筋疲力尽地闭上眼，以为自己真的就要这样死去的时候，手心忽然传来一阵温热，在这冰凉的湖水里，只有那拉住她的手，是暖的。

是很熟悉的暖，林隐蹊微微睁开眼，却只能看见眼前的一抹白色，渐渐又归于黑暗。

第十八章

我还真应该好好当一次淫贼了,
不然多辜负你的心意。

❖

林隐蹊觉得自己做了一场大梦。

梦很长很累,她仿佛置身于火海,浑身上下被灼烧得难受,却又觉得冷。

迷糊间似乎听到是小绿的声音,带着哭腔:"小姐喝下去的药都吐出来了,这样怎么能好起来?"

却又不知道是谁的声音,低沉入耳:"你先下去。"

然后便是一阵温热将她包裹。

熟悉的气息扑面而来,林隐蹊睁不开眼,却能感觉到有冰凉的柔软贴上了她干涩的唇瓣,如同久旱逢甘露,林隐蹊拼命地汲取着那一丝甘霖,苦涩在嘴里化开。

然后又是那声音,贴近她的耳边,带着不可忤逆的语气:"喝

下去，林隐蹊，否则我就杀了你。"

林隐蹊醒过来的时候，一时还有些发蒙。

小绿趴在她床边，揉了揉惺忪睡眼，欣喜地跳起来："小姐你终于醒了！"

林隐蹊看着她，自己难道是睡了很久吗？

小绿赶紧跑去端来药："小姐你已经睡了两天了。"

林隐蹊终于有点想起来了，那天，是谁将她推进湖里的？她眉眼忽然凌厉起来，究竟是谁要害她？

她看着小绿端过药汤来，忽然想起昏迷中那一段似梦非梦的感觉，支支吾吾地问道："昨天有谁来过吗？"

小绿转过身，又搬了凳子过来，顿了顿才低头回答："嗯，有大夫来看过了。"

"大夫？"

"是的，将军听说小姐落水了紧张得很，立马就带了大夫过来。"小绿坐在凳子上吹了吹瓷勺里的药汤，喂给林隐蹊。

"万俟哀来过了？"

"嗯。在小姐床前守了好几个时辰呢。"

林隐蹊似乎是想确定什么，可小绿回答得却总是含混不清，又总像在刻意隐瞒什么。

林隐蹊从她手中接过碗："我自己来。"

三两口喝完药，她又看向小绿："你和品良怎么样了？"

小绿低着头："品良是品良，小绿姑娘也只能是小绿姑娘了。"

林隐蹊叹着气，从小绿的表情大抵就可以看出来，品良终究不肯信她。而对于小绿来说，对一个人死了心，哪有那么容易。

"小春那事……万俟哀处理得怎么样了？"林隐蹊又问道。

小绿摇头："将军最近挺忙的，似乎也无暇顾及一个婢女的生死。"

林隐蹊看着小绿，目光坚定："放心，我一定会为你讨个公道！"

"小姐……"

林隐蹊也不知道自己为什么就找到了荆楚这里，而荆楚似乎早就知道她会来，气定神闲地坐在凉亭里，好整以暇地等着她。

林隐蹊虽然对于自己委曲求全选择了向荆楚求助有些不甘心，可如今也只有他了。她缓缓挪着步子走过去。

"这就好了？现在出来不怕又遭人暗算在床上躺几天？"

果然，荆楚一开口便是对她的嘲讽，只是他怎么知道的？林隐蹊疑惑地望过去："你知道？"

"关于你的，我有什么不知道？"

林隐蹊心里一怔，看着荆楚深潭般的眼神，这个人实在是太危险了！她正犹豫着要怎么开口向他求助，却又听荆楚说道："你怀疑把你推下水的，和杀死小春的是同一个人做的？"

林隐蹊这下是真的愣住了，荆楚不仅知道了所有的事，还将她不好意思开口的事情主动提了出来。

她惊愕地望过去，荆楚却只是淡淡瞥了她一眼："将军府上的事情你倒是管得宽。"

林隐蹊不知道什么时候已经在荆楚面前无所顾忌起来了，她径直绕过两人之间的石桌子坐到荆楚旁边，一本正经地说道："一开始我觉得是茗香，后来又觉得不是她，她也只是任性而已，还不至于是坏人。"

　　荆楚轻轻喝了口茶："你倒是感情用事，感觉是好人就是好人，感觉是坏人就是坏人？"

　　"我只是……"林隐蹊一下子也反驳不了，仔细想一下也的确是这样，她从来只凭第一感觉的。

　　"蠢女人。"荆楚放下茶杯，挑着眉看着杏眸圆瞪的林隐蹊，"你脑袋里除了想我，就不能想些别的事情？"

　　"你！"林隐蹊这次可不是来跟他耍嘴皮子的，便忍了脾气。

　　"说吧，你还有什么想法？"

　　"没有！"林隐蹊咬牙切齿。

　　荆楚却忽而一笑："那就是脑子里只有我了？"

　　林隐蹊没好气地瞪了他一眼，虽然荆楚这人平时总一副不正经的语气，可林隐蹊下意识就觉得他可以相信。她缓缓说道："我只是觉得，既然不是茗香，死的又是拂衣亲如姐妹的丫鬟，那就只能是刺客了？"

　　荆楚没有说话，瞥了她一眼，站起来迈开腿往外走。

　　林隐蹊立马跟出来："你去哪儿？"

　　可是不料荆楚又伸手搂上她的腰，不顾林隐蹊的喊叫，紧紧箍住她带着她腾空而起。

这里大概是拂衣居住的后院，虽然还是白天，但却有一种莫名其妙的阴森感。

林隐蹊打了个寒战，紧紧抓着荆楚的袖子，说话间也染上了一丝战栗："这里……"

"小春的尸体。"

荆楚答得言简意赅，林隐蹊却瞬间挪不开步子。

"为什么要来这里？"

荆楚没有说话，却回握住了她的手，温热包裹着她湿冷的掌心。林隐蹊的脸腾地红起来，却也只能跟着荆楚进了屋子。

一股腐烂的味道扑面而来，林隐蹊躲在荆楚身后："荆楚我可以不看吗？"

荆楚没说话，林隐蹊又喊了好几声，荆楚还是没有理她。

林隐蹊没办法，怯怯地抬起头，只是想看看荆楚的，却还是看见了不想看的东西，冷汗簌簌地往下冒。

荆楚终于开了口："看清楚了？"

林隐蹊一手紧紧握住荆楚的手，另一手猛地抓住他的胳膊，整个人几乎都要扑进他的怀里。

林隐蹊紧闭着眼，却听见荆楚在头顶的闷笑。

林隐蹊深深换了两口气，抬起头怔怔地看着荆楚的眼睛："荆楚，你是不是故意的？"

荆楚一脸无辜："我只是带你进来，可是你自己要去看的。"

"你！"

林隐蹊很生气，可是更害怕，偏偏她现在还不得不仰仗这个让

她生气的人。

"看出什么了吗?"荆楚忽然正经起来。

林隐蹊实在不想去回想,偏偏那画面却一直盘在脑海挥之不去。她只有作罢,一口气说出来:"脖子有勒痕,身上没有浮肿,衣服也没有湿透,头发也有一半是干的,应该是没在井里泡很久就被捞上来了。可是嘴唇却泛白,倒不像是窒息而死。"

她睁开眼,看着荆楚黑曜石般的双眸,忽然想到什么似的,自己也有点难以置信:"小春她是被毒死的?这么说来,勒痕有可能是后来勒上去的,为了掩人耳目?"

荆楚没有说话,手搭上林隐蹊的腰,终于带着她出去了。

林隐蹊站在屋顶上,长长地松了口气,不禁感叹外面的空气有多么好。她转头看向荆楚:"可是,还是不能确定凶手是谁啊。"

"还以为你终于长了点脑子,"荆楚走过来,站在她的旁边,与她并肩,"至少可以确定,拂衣在撒谎。"

"可她也有可能不知道小春被下过毒啊。"林隐蹊还是有点不明白。

"你以为你会比拂衣聪明?"荆楚盯着她,转而又看向下面的一草一木,似乎是无意地说道,"你这时不时断线的思维,还真是可爱!"

林隐蹊脸上又一阵燥热。

"还记得小春头上有什么奇怪的吗?"

林隐蹊想了想,好像除了一支普通簪子,也没有什么别的了。

然后,荆楚沉声说道:"你们女孩子,会同时插两支厚重的簪子在头上?更何况,只是一个小丫鬟而已。"

林隐蹊忽然想到那一天,拂衣说在井边捡到了小春的玉簪,才发现小春被人推到了井里的。可是,拂衣拿着的那支簪子看起来奢靡华丽,的确不像一个丫鬟应该有的东西,更何况,小春本来也戴着簪子。

"明白了吗?"荆楚看她。

林隐蹊想了想:"可是拂衣为什么要撒谎?"

荆楚却没有直接回答她的问题,又问道:"拂衣说话时,第一句话是什么?"

林隐蹊仔细地想了想,有些不确定:"她和小春……情同姐妹?"

"你觉得我怎么样?"

林隐蹊一怔,没想到荆楚忽然问起这个,这种情况下难道不应该好好谈正事吗!林隐蹊红着脸,看荆楚的表情似乎也不像是在开玩笑,支支吾吾了半天:"淫……淫贼?"

"呵呵,那我还真应该好好当一次淫贼了,不然多辜负你的心意。"

"你!"果然这个人就没正经时候,林隐蹊差点又暴走起来,却听荆楚说道:"一般人在慌乱状态下复述一件事,首先说的应该是那件事情给自己印象最深刻的部分。比如说,她脖子上的勒痕。可是她却不慌不忙地告诉你,她和丫鬟的关系有多么好……"

"可是拂衣她……"林隐蹊想了想,似乎明白了荆楚话里的意

思，刚想解释什么，荆楚却伸过手来轻弹了一下她的额头。

"傻女人，不要总是凭第一眼就判定一个人的好坏。"

林隐蹊愣愣地捂着被弹过的地方，有些气恼地看着荆楚，真想跳起来打他！

虽然还是有些不明白，可是好歹有了些头绪，只是站在荆楚的身边还真是没办法思考。林隐蹊往回走，回头看着一直跟在身后的荆楚，朝着他喊："你要是闲着没事就不能去体验一下民生疾苦吗，干吗一直跟在我的后面？"

"自然是保护你。"荆楚不咸不淡地回了一句。

林隐蹊觉得简直是自掘坟墓，红着脸不知道该往哪里躲。

恰好，他们停下的地方，似乎是茗香的住处。

林隐蹊与荆楚对视一眼，荆楚立刻心领神会："想进去？"

林隐蹊点头："我觉得我一直以来可能都误会她了，所以我要去找她说一些女儿家的体己话，你先不要跟过来。"

没等荆楚回答，林隐蹊便快步跑了进去。可是拉开大门才突然意识到，茗香一直以来都那么讨厌她，怎么可能会跟她好好说话。

她回头看了眼依旧站在原地的荆楚，没办法，也只能硬着头皮进去了。

林隐蹊怯怯地敲开茗香的门，她知道万俟哀说了让茗香自己好好反省，却没想到她还真的这么乖乖地待在房里哪儿也不去。

茗香打开门，看见是她，语气瞬间染上傲慢："哎哟，我说是谁呢，没想到是一个弃妇啊。"

林隐蹊皱起眉头，她真的是诚心过来道歉的，哪知道茗香说话这么难听。

茗香站在屋子门口，看着屋外的林隐蹊："你是来看我笑话的吗？"

"不是，我只是……"

"别说了！"茗香气急败坏地打断了她，"一开始以为你挺简单的，没想到居然也是城府极深之人，居然懂得这样陷害我！"

"我没有陷害你。"林隐蹊急急解释。

"别以为将军疼你你就厉害了！你始终只是我姐姐的替身而已！"茗香瞪着林隐蹊，扭着腰从屋子里出来，打量着她，"乍一看，你这张脸，还真与我姐姐有几分相似。"

林隐蹊觉得莫名其妙，却又不想同她吵起来，便咬着唇，没说话。

茗香忽然狂妄地笑了起来："哦，忘了告诉你，将军这辈子大概只爱过我姐姐一人。拂衣只是因为弹得一手好曲子，像极了我姐姐，被将军带回来了；而你，却恰好在拂衣的教唆下，跳了我姐姐最爱的一支舞罢了。"

舞？林隐蹊忽然想起来，万俟哀在知道她的身份后对她说的第一句话——以后不要再跳这支舞了。

虽然从来都知道那支舞对万俟哀有着特殊的意义，可如今听茗香说出来，却还是觉得有些难过。

"所以，将军对你的好，只是因为你和我姐姐有几分相似。你只不过是个替身！"

"我为什么要相信你?"林隐蹊忍着怒气,淡淡开口。

茗香靠过来,一脸挑衅:"不信?不如你看将军是否会杀我。姐姐将我托付给他,如果我死了,他会被我姐姐恨一辈子!他怎么会舍得我姐姐恨他?我姐姐是清灸派嫡传弟子,一身医术可医死人肉白骨。"

清灸派!林隐蹊暗自有些惊讶,没想到清灸派离她这样近。

"那个时候万俟哀差点死在战场上,是她在所有人都放弃了的时候,不顾自己的安危冲到火里救了万俟哀的性命,整整两个月寸步不离地守着被烧得体无完肤的他……"

林隐蹊微怔。

又听得茗香接着说道:"万俟哀因为那些伤落得一身病根,我姐姐便将整个将军府种满了这些药草,以药香之气理疗,所以万俟哀才能好好地活到今天!"

茗香见林隐蹊不说话,便越发得意:"可我姐姐自小便不愿意困于高瓦院墙内,所以不肯答应万俟哀的婚事,就算皇上指婚又怎样,万俟哀不还是不肯娶你,他是要把将军夫人这个位置留给我姐姐的!他甚至以二十万……相赠,作为聘礼送给我姐……"

茗香忽然住了嘴,像说了什么不得了的东西。

林隐蹊呆愣愣地听着,她其实也不介意万俟哀心里一直等着一个人,只是既然如此,为什么又要对她说那番温柔的话?为什么要让她有所期待?甚至……她抚着自己的唇瓣,那个时候掉到水里,瞥见的那一角衣裾,那个以唇为引,喂她喝药的人……

万俟哀,他的心里有了别人,为什么还要来招惹她呢?

林隐蹊不知道自己是怎么走出来的。

出了门，却看见荆楚依旧等在那里，他长身玉立，负手站在梨树下，夕阳透过树叶洒下斑驳的阴影，却遮不住他好看的轮廓。林隐蹊忽然有些恍然，站在原地迈不出步子。

荆楚走过来，语气温柔："怎么，又被欺负了？"

林隐蹊鼻头一酸，忽然有些想哭。

荆楚却笑起来，明明好看得晃眼，却又带着些落寞："林隐蹊，如果我是万俟哀，就算是玉皇大帝在这里，我也不会让她欺负你半分。"

林隐蹊听见心里一声闷响，吸了吸鼻子："要你管！"

这个人还不是一样，总要来招惹她！

第十九章

你只是一个替身而已，
就算如此你也甘愿？

林隐蹊还是忍不住去找了万俟哀。

她原本只是想去讨个真相证明小绿的清白，可站在万俟哀的面前，她忽然就忘了。

万俟哀的书房里。

林隐蹊站在门口，看着万俟哀正执笔在纸上画着，她没有过去，就在原地轻轻地喊了声："万俟哀。"

万俟哀抬头看她，小姑娘眉间的愁色一目了然。

他放下笔："怎么，还在为那件事烦心？"

林隐蹊低着头，思忖了一小会儿，嗫嚅道："如果，我说……凶手是茗香，你会杀了她吗？"

明明不是这样的。林隐蹊心知肚明，她在心里嘲笑着自己的歹毒，可她就想看看万俟哀的表情而已。

万俟哀却只是淡淡一笑："只是拂衣的婢女而已，茗香好歹是郡主，罪不至此。"

林隐蹊心里有点堵，扯着嘴笑："我也只是说说而已……"

"只是……"林隐蹊有些犹豫，"你对我说过的那些话，我……可是……"

林隐蹊吞吞吐吐地说着，连自己也不明白要说些什么，顿了顿，鼓足了勇气看着万俟哀的眼睛，还是说出了那个名字："茗幽。"

万俟哀抬眸看她，听到那个名字忽然凝起眉，目光变得深邃，眼里的温柔瞬间不见。

林隐蹊心里一沉，果然万俟哀一个表情她就泄了气。她佯装轻松地笑着："其实也没什么……我……"

万俟哀温润的声音淡淡响起："你去见茗香了？"

沉寂了半晌，林隐蹊又听见万俟哀的声音，带着些寂寥："她是个好姑娘。"

林隐蹊低下头，果然是自己太唐突了吧，喜欢的人不在身边，万俟哀一定也很难过，她安慰道："可是她一定是幸福的吧。无论走多远，都会有你这么好的人在记挂。总有一天，她会觉得累了，那个时候一转身就能看到你，多好。

"你总会等到她的。"

林隐蹊眨着晶亮的眸子看向万俟哀，这样的事情从她嘴里说出来，她会难过，即使这样她也不想万俟哀难过。

万俟哀却忽然笑起来，目光闪烁不明，他缓缓开口："林隐蹊，

谁告诉你我在等她回来的?"

林隐蹊微怔,难道不是?

"也许我从头到尾,都只是在等一份羊角酥而已。"

林隐蹊还没来得及细想万俟哀话里的意思,一道低沉的声音便插了进来:"将军与夫人可真是伉俪情深!放着一条人命不管居然在这里你侬我侬?"

林隐蹊一怔,往后退了几步,荆楚怎么会来这里?

她惊讶地望过去,却见他身后跟着两名侍卫,正押着拂衣过来。

林隐蹊的目光触及到荆楚,莫名的危险气息让她不禁有些怵然。

为什么拂衣……难道真的是她?

万俟哀却不慌不乱:"不知太子所谓何事?"

荆楚眼神示意侍卫放开拂衣:"我说万俟大将军啊,既然金屋藏娇,你好歹也要雨露均沾泽被苍生啊,你这样独宠专治,哪里能有安宁?家事都无法处理的人,怎么保家卫国?"

林隐蹊想骂荆楚两句,可这个时候她只能站在后面假装不认识。

万俟哀看了眼跪在地上一言不发的拂衣:"府上之事我自己会处理好,不劳太子费心了。"

"那就好。"荆楚随口应着,目光却落在林隐蹊身上。

跪在地上的拂衣这时候忽然抬头,目光像淬了毒一般射向荆楚:"太子若是拿不出证据,请不要血口喷人。"

荆楚没有说话,手上却不知道什么时候多了个青鸾玉。林隐蹊心里一惊,果然是荆楚拿走了,可是……她目光转向拂衣,却见她表情僵在了脸上。

荆楚声音沉沉，把玩着手里的青鸾玉："青鸾玉之所以妙不可言，是因为它并不是普通的镯子，里面的绿花毒大概可以杀掉整个将军府上下的人。"他的目光转向拂衣，笑得无比温和，"而它的毒性，就在于杀人于无形，一天一点，缓缓侵入五脏六腑，然后直到有一天，走着走着就死了。"

林隐蹊瞪大了眼睛，难道，小春是被拂衣……

"为什么？"她有些难以置信地看向拂衣，不是说情同姐妹吗，为什么还要……

拂衣忽然抬起头，目光凶狠："万俟哀，你既然能忘记她！为什么走近你心里的不是我！所以我要把她们杀死！一个不留地杀死！"

万俟哀面上没有一丝表情："来人啊，将拂衣带下去。"

拂衣脸上被绝望笼罩着，一向温婉的她忽然尖叫起来："万俟哀！你这样的人根本不配得到爱，你根本谁都不爱，你爱的只是你自己！"

……

周围渐渐静了下来，荆楚不知道什么时候也走了。

林隐蹊看着万俟哀的背影，不知道该说些什么。

她顿了顿："将军，你也不要难过了，这……不怪你的。"

万俟哀回过头看她，轻轻笑了一声："早些回去休息吧……我派人送你回去。"

林隐蹊看着万俟哀的眼睛，她大概永远也不会知道他在想什么，就像此刻，她忽然觉得，也许万俟哀从来都没有难过过。

林隐蹊回到秋苑，小绿却不在。

她里里外外喊了一圈，走进卧房时，却看见荆楚正一脸没好气地躺在她的床上。

林隐蹊停下了步子，远远地瞪他："你怎么在这里？"

"我在哪里，你在意？"荆楚坐起身子。

他的眼睛深不见底，仿佛要把她吸进去般，她赶紧移开了目光："小绿呢？"

"她可比你聪明多了……"

林隐蹊没好气，不过既然这样，小绿应该没什么事情。既然荆楚喜欢在这里，就让他一个人在这里好了。

她刚抬脚准备出去，却被荆楚叫住了："我饿了。"

"我也饿了。"林隐蹊懒得理他。

荆楚却忽地闪身到她的身前，撑手将她抵在门上："林隐蹊，你对万俟哀可不是这个样子的。"

林隐蹊微微一愣，别过头不肯看他的眼睛："荆楚你是不是太无聊了！"

荆楚却掰过她的头，逼着她和他对视："看来我若不时刻给你提醒，你倒是瞬间就不记得你是谁了？"

"你放开我！"

"放开你让你去找万俟哀？"

荆楚眼神里透着危险，慢慢靠近她，气息吞吐在林隐蹊的耳边："你明知道他心里的人不是你，你甚至只是一个替身而已，就算如此你也甘愿？"

　　林隐蹊挣不开荆楚的挟制，这样浑身怒意的荆楚她不是没见过，可是这一次却让她有些害怕了，她咬着牙："我怎么样是我的事！与他心里装着谁没有关系！"

　　"就因为他给你种了几棵开不了花的草？"

　　"是又怎么样？"林隐蹊明知道荆楚此刻正在气头上，可还是忍不住火上浇油，"关你什么事！"

　　"很好。"荆楚扬起嘴角笑了，"我已经叫人全给拔了。"

　　"你！"林隐蹊奋力推开他，"荆楚你浑蛋！"

　　林隐蹊还没有反应过来，却被荆楚一个大力抱起来，下一秒就被摔在了床上。

　　"反正我在你看来不是浑蛋就是淫贼，那今天我就坐实这个称呼了。"

　　"你放开我！"林隐蹊拳打脚踢，惊叫着。

　　荆楚密密实实地压在她的身上，一手捏住她的手腕举在头顶，一手紧紧压着她的腿。

　　林隐蹊丝毫不能动弹，只能狠狠地怒视着荆楚："你敢！"

　　"我有什么不敢的？"荆楚目光越暗，俯身含住林隐蹊的唇，没有一丝温度的冰凉的唇落在林隐蹊的唇上，辗转反侧，气息却越发沉重绵长。

　　林隐蹊狠狠地咬回去，血腥之味在口中漫开。

　　荆楚微微抬头，林隐蹊眼角有止不住的泪。

　　"荆楚，求求你……不要这个样子……"

荆楚轻笑一声，忽而又低头，咬住她的肩膀："林隐蹊，你这是在为他守身吗？"

……

"隐蹊！"一阵慌乱急促的声音传来，随即是人踢门而入的声响。

林隐蹊一惊，司却！

荆楚随即放开了她，她翻身起床，慌乱地裹好衣服跑向司却。

司却看着林隐蹊满身的狼狈，心里一痛，将外袍脱下来搭在林隐蹊的身上："隐蹊你没事吧？"

林隐蹊脸上的泪还没有干，忍着眼眶的泪摇头，眼角却瞥见坐在床边的荆楚脸色灰败。

"林隐蹊，是不是除了我，谁的身后都是你可以躲藏的地方？"荆楚的声音充满挫败。

林隐蹊站在司却身后，忽然心疼起他，而不是愤恨他刚才的举动。

司却凶狠地看向荆楚，怒气已经喷薄欲出："荆楚，你答应过我好好照顾她！你现在在做什么？"

荆楚扬唇一笑，眼里的情绪瞬间收敛，转而似乎是带着不屑，语气轻佻："你看到的是什么，我便在做什么了。"

林隐蹊心里一沉，攒着衣角的手隐隐发抖。

可反应过来的时候，司却已经举着剑朝着荆楚刺了过去……

"荆楚！"林隐蹊尖叫着，明明拼命地想跑过去，可还是晚了。

司却的剑已经刺上了荆楚的肩头，司却似乎也没有想到荆楚居然不躲。

血从他的伤口汩汩流出。

林隐蹊慌乱地跑过去，跪倒在荆楚的身边，紧紧揪着他的衣袖，声音颤抖："荆楚！"

荆楚看着她，却笑了起来："林隐蹊，你这样我会以为你在为我难过的。"

几个不知道从哪里冒出来的暗卫扶着荆楚离开了。

林隐蹊看着荆楚带着疏离的淡淡笑意，忽然觉得心里空了好大一块，坐在原地久久不能动弹，眼泪又从眼眶冒了出来。荆楚，会就这样走了吗？

她立刻追了出去，可外面只剩无边的夜色，凉如水。

"隐蹊……"司却缓缓走过来，眉目间隐忍着痛楚，"对不起。"

林隐蹊看着他，似乎才反应过来，擦了脸上的泪："司却，你回来了。"

第二十章

> 林隐蹊,我要这江山,
> 也要护你周全。

司却陪着林隐蹊坐在屋顶,像小时候那样,每次她不开心的时候,都会爬到屋顶去看星星,而这次,她的难过却这么明显。

"你在担心荆楚?"司却抬起头,星星倒映在眼里。

林隐蹊下巴搁在膝盖上,是这样的吗?她其实不想说这个,便试着扯开话题,问道:"你们最近怎么样了,你还有姐姐。"

"若纯,我回去看过她,身子已经好起来了……"

林隐蹊点点头,可是眼里的落寞全部落在了司却的眼里。司却是明白的,林隐蹊想问他的却又问不出口的事。

他在心里苦笑着:"我在帮荆楚找药,顺便潜伏在万俟哀身边,偷一样东西。"

林隐蹊转头看他,眼里终于有了点光:"荆楚要偷万俟哀的东西?"

司却并没有想多说这个的意思,转移开话题。

"若纯的毒……是荆楚帮忙解的,"司却淡淡地说,"所以以此为条件,我便帮他找他需要的东西。"

林隐蹊心里惊讶,原来那个时候荆楚在林府,是去救林若纯的,可是她却那样说他。

她紧紧咬着唇,似乎没有什么时候比此刻更想见到一个人了。

第二天。

林隐蹊起得早,在厨房里忙活了一个早上。

清甜的香味从锅里漫开来,林隐蹊揭开锅盖,是她钻研了好久终于学会的羊角酥。

她尝了尝,虽然比不上司婶的,可味道还是很不错的。只可惜的是,因为不是羊角花的季节,这羊角酥里少了羊角花的味道。

她将羊角酥装进食盒里,忽然想起万俟哀来。

林隐蹊眼里的光闪了闪,思忖了片刻,提着食盒出去了。

她站在荆楚的房门口,门口的侍卫依旧眉眼冷峻。

林隐蹊缓缓走上前去,怕吵到里面的人,轻声轻语地问道:"荆楚在吗?"

"大胆,太子的名讳岂是你能随便叫的!"

林隐蹊被这中气十足的声音吓了一跳,却也只好顺着他的意思:"那我找太子。"

"太子岂是你想见就见的！"侍卫依旧怒目而视。

"可人长着一张脸不就是用来见面的嘛。"林隐蹊开始有些不乐意了，轻声嘟哝着，却恰好落进了侍卫的耳中，大概是护主心切，他怒喝："哪里来的刁女！"说着便推搡着林隐蹊。

林隐蹊没想到他还会动手，一个不小心手里的食盒掉在地上。

"你们！"

林隐蹊刚想教训他们，门却开了，荆楚一身白色衣袍更显得面容憔悴。林隐蹊心下一疼，刚刚的脾气全没了，目光全部落在了荆楚身上。

荆楚淡淡地扫了她一眼，目光落在地上的羊角酥上。

林隐蹊看着荆楚眉眼淡然，忽然觉得无比委屈。

荆楚似乎是叹了一口气，沉声开口道："你们两个，领了奉银便回去吧，这里不需要了。"

"太子！"两人急忙下跪，可是看着荆楚的神情，却也不敢再多言语。

林隐蹊手足无措地站在门口，哽了半天才开口："荆楚，你没事吧……"

荆楚没有理她，走过来蹲下将羊角酥捡起，又装进盒子里，转身回了房。

林隐蹊微愣，心里渐渐明朗起来，立马跟着进去了。

她站在门口，说话间吞吞吐吐："那两个人真的会被赶走吗？"

荆楚依旧没有说话，兀自拿起羊角酥吃了起来。林隐蹊快步上前拉住他："这个掉在地上了……"

荆楚面无表情地盯着她。

林隐蹊看着自己主动握上去的手,有些尴尬地放了下来:"这个弄脏了,我还可以给你做的……"

"之前吃过你做给万俟哀的黑心糕点都还活着。"

明明不是什么好听的话,林隐蹊却不知道为什么松了一口气,似乎是不见光的心终于有了些透亮。

"你的伤……"

"要看吗?"荆楚淡淡地问了句,见林隐蹊没反应过来,又作势要解开衣服,"要看我脱给你看便是了……"

林隐蹊慌忙捉住他的手,脸红成一片:"不用了!"

"我以为你想看。"

林隐蹊瞪着他,还好,依旧是以前的样子。她看着荆楚唇色惨白,想着他身上还有伤,便搬了凳子过来,示意他坐下来说话。荆楚看了眼她,也没拒绝。

林隐蹊想起司却的事来,便问道:"你让司却帮你偷什么啊?"

荆楚抬眸看她:"你是替万俟哀来打探的?"

"我明明是来给你送慰问品的!"林隐蹊拍案而起。

荆楚喝了口茶:"不是来为司却求情的?"

林隐蹊皱着眉头,忽然想到什么,试探地问荆楚:"你不会怪罪司却吧……"

荆楚放下茶杯,微微挑眉:"我可是太子,这么不明不白地被刺了一剑,你觉得我有什么道理放过他?"

"荆楚,你!"林隐蹊气结,她还没想过荆楚居然会计较这个,

而且她明明都来道歉了!"明明是你……我,司却才……"

"哦?我怎么你!"

"我……你……"林隐蹊涨红了脸,却怎么也说不出来。

荆楚莞尔一笑,语气暧昧:"你倒是又想怎么我了?"

林隐蹊作罢,甩开手:"反正我已经跟你道歉了,你要是还有什么不满意的,就冲着我来好了!"

荆楚依旧笑着,看着林隐蹊气呼呼走出去的背影。从一开始他就知道她在门外了,明明决定不再见她,可还是忍不住出去了。

还是头一次看她像只猫咪一样楚楚可怜的样子,心里所有的盔甲在那一瞬间便软了。荆楚笑得有些苦涩。

林隐蹊,我什么时候要这样小心翼翼,只是为了试探你是否愿意来见我,不是因为万俟哀、不是因为司却,只是单纯有了想来见我的想法,你真的来了,如此,我就不会再放手了……

窗外闪过两道黑影,荆楚眸色一凛,瓷杯在手里裂了缝。

林隐蹊从荆楚的住处出来,明明一片诚心地去道歉,可如今又被惹得一身气。她一路踢着石子往回走着,路过那片羊角花林的时候,她忽然停下了步子。

凄切的箫声带着阵阵萧瑟随风吹过来。

她侧过头,万俟哀一身白衣,颀长挺拔,衣角随着风飘动着,还是那样眉目如画,就像她第一次见他的时候一样。

林隐蹊一惊,整了整身形,拖着步子走过去,她低头:"将军……"

万俟哀停下箫，侧过头，眉眼跨越了万水千山向她看来："叫我万俟哀吧……"

林隐蹊抬头看他，那眉眼间的忧郁如同藤蔓般蜿蜒至她的脚边，她不解，却又听得万俟哀说："既然你还没有办法接受我作为你的夫君，至少在我走之前，想听你唤我的名字。"

林隐蹊微愣："你要走了？"

"北方蛮夷入侵……"

"要去多久？"林隐蹊急急问道。

万俟哀看着她，轻声一笑："若是回来可以娶你，我一定会快战快捷。"

林隐蹊心里一顿，低下头去。事到如今，她不是不明白万俟哀话里的意思，只是尚未弄清楚的是自己的心。

她心头涌上一阵苦涩，喃喃道："那……一路顺风……"

"真是个狠心的小姑娘。"万俟哀轻声一笑，目光移向远处，似在思索着什么，又淡淡道，"以前将士们出征的时候，城外十里长亭，站的都是他们的妻儿，行囊装得满满当当。而我除了一身戎装，便再无其他。"

林隐蹊偷偷抬头，万俟哀恰好回过头，视线交错："以前尚未觉得，现在突然发现，有一个人能盼着自己回来，真的是一件好事。"

林隐蹊不知作何回复，两人相对无言，她便欲转身离去。

"林隐蹊。"

林隐蹊听着万俟哀的声音，逃不过他的目光，只能看向他。

他缓缓说道："等我回来，还你一个倾世婚礼，一生一次一双

人，一朝倾城。"

林隐蹊呆呆看着他，张了张嘴，却说不出话来。

一阵风吹过来，过了花季的花枝在风里摇摇晃晃，仿佛随时都会被折断。

可是，万俟哀，不应该是这样的。

林隐蹊心事重重地离开羊角花林，也不知道为什么便鬼使神差地又回到了荆楚那边。

可是现在，已经不是他一个人，还有司却。

林隐蹊立刻闪身躲在假山后面。

"查得怎么样了？"荆楚声音沉沉。

司却好像并不急着回答他的问题，反问道："你将林隐蹊控在将军府，不就是为了让她帮你试探？"

试探？林隐蹊心里一阵疑惑，更加屏住呼吸想听清楚他们的对话。

"兵符我一定会尽快找到。"是司却的声音，"所以请你不要再纠缠隐蹊了，她也有她自己想做的事情。"

"呵。"只听得荆楚冷笑一声，"她的身边倒从来不乏多情之人。"

"当日隐蹊被悔婚一事，你拦住消息没有传到林府，我很感激你，救了若纯我也很感激你。"

林隐蹊一惊，原来是荆楚帮她拦下了消息，所以林家才不至于落人口舌。可是兵符……又是什么东西？

"所以呢，你有什么资格对我说这样的话？你也好林隐蹊也好，只不过是我的棋子而已,是否要放手,除了我自己,谁都不能决定。"

棋子!林隐蹊心下一冷,荆楚一直以来都当她是棋子?

司却似乎也是怒极:"你想夺万俟哀的兵符我助你,但你想为难隐蹊,我赔上这条性命也不准!"

林隐蹊气急地攥紧拳头,不留意踩上一根枯枝。

她无法再躲下去,只能从假山后出来。

"隐蹊?"司却面露惊色,没有想到她会出现在这里。

林隐蹊却看向荆楚,眼神透着凉意。

荆楚瞬间便掩去了眼里惊诧懊悔的情绪,笑道:"真是巧了。"

林隐蹊心里生痛,缓缓走过去,逼视着荆楚:"然后呢,用完了我们之后,夺了兵符,再杀了万俟哀?"

她总能知道怎么让他生气!荆楚不看她,眼里掠过一丝讽刺:"他不是要娶你吗,送你们在黄泉路上做一对鬼夫妇,不是正合你意?"

林隐蹊气得浑身发颤,明明前一刻站在万俟哀面前的时候她还那么想见他;可她想见的人,却这样眼神淡漠地想送她去死。

她站定在荆楚跟前,喃喃出声:"荆楚,我以为你是不一样的。"

——原来所有人都是一样,说着深情不负,转瞬冷眼旁观。

林隐蹊铆足了力气捶打着荆楚的胸口,狠狠咬着牙才不让眼泪流出来。

荆楚神色如常,既不说话也不拦她。昨夜的伤口似乎是又裂开了,血顺着衣襟渗了出来。

司却拉住她,眉眼沉痛:"隐蹊。"

林隐蹊转而扑在司却的怀里，忍不住泣不成声："司却，带我回家。"

荆楚站在原地看着司却带着林隐蹊离开的背影，伤口裂开的痛他也感觉不到了。

——林隐蹊，过了这么多年，你还是那个小姑娘。

仿佛又回到了那一年的深宫墙垣，五岁的林隐蹊伸手揭开他的面具，惊叹道——好漂亮的哥哥。

那个时候的荆楚还只有八岁，亲眼目睹了自己母妃的惨死。

他是个皇子，却惶惶不可终日，被投毒、被推到水里、被自己的父皇漠视。

他看着眼前的小姑娘，澄澈的眼睛倒映着他的轮廓。他全身防备，目光冰冷地瞪着她。

小姑娘忽然就哭了起来，含混不清地说着："你是坏人，我要找司却，我要回家。"

荆楚没办法，拿出自己仅有的糖堵住了她的嘴。

……

她陪了他整整一天，在所有人都看不见他的时候，那个小姑娘眉眼盈盈地看着他，眼里全是他。

……

荆楚闷哼一声，嘴角沁出血来。

林隐蹊，南蛮国人现在蠢蠢欲动，万俟哀的手里握着二十万兵权与南蛮王谋私，我若不从他手里拿过兵符，这天下势必颠覆。

而现在他们的人时刻盯着我，我越在意你，他们便越不会让我好过。

所以，林隐蹊，我要这江山，也要护你周全。

林隐蹊在屋子里待了整整一天，谁也不见。

小绿站在门外，林隐蹊的事她大抵也知道些——

之前一个好看的男子抱着小姐惊慌失措地跑回来，她还不知道他就是太子，只知道即使周身湿透也掩不住他身上的贵气。气息微弱的小姐蜷在他的怀里，那个人眉眼间的焦灼甚于她，却有条不紊地照顾着小姐，从熬药到喂药，亲力亲为寸步不离，直到林隐蹊的烧退下去。

小绿以为，他只是个医者，后来才知道，他是太子。

他说这是个秘密，所以那一天小绿第一次对小姐说了谎。

房内忽然传来一阵微响，房门被轻轻推开。

林隐蹊走出来，面色如常，手里抱着一个盒子。

"小……小姐。"小绿站起身，怯怯地喊道。

"万俟哀……是今天就要走了吧。"林隐蹊兀自说道，听不出什么情绪。

小绿没有反应过来，林隐蹊却径直走了出去。

这个盒子是初见万俟哀时，从他那里偷来的。以前想留着，现在终于明白了一些事情，也应该物归原主了。

她走到寰湘水亭，侧耳细听，似乎已经听到城外阵阵马蹄破风

而去。

"已经走了吗?"

身旁有丫鬟侍卫匆匆而过,不小心撞上林隐蹊。她看过去,他们去的地方……是荆楚的住处。

林隐蹊心里腾起一丝不好的预感,抓住一个丫鬟,稳住声音:"那边怎么回事?"

丫鬟低头禀告:"太子昨晚遇刺,现在不知所终,落川苑正……"

林隐蹊忽然一阵眩晕,顾不得再听下去便朝落川苑跑去。

荆楚可是太子,怎么会遇刺?而且他的功夫……林隐蹊咬着唇,难道是因为身上的伤?如果真的是那样的话……

她不敢再想下去,推开荆楚的房门,只见满地血迹斑斑充斥着她的瞳孔。她觉得那些血就像是从她自己的心上流下来的一样。

剧痛啃噬着身体。

"荆楚……"林隐蹊喃喃地喊着他的名字。

忽然她瞥见桌上的面具,这是他一直带在身上的面具,面具下压着字条,是荆楚的字迹:

"城北,十里。"

城北十里!林隐蹊呼吸凝滞,心里涌出强烈的不安,迈开步子往城北赶去。

第二十一章

离开荆楚，离开万俟哀，当这个世界上从来没有过你……

　　暮春的风带着丝丝沁凉，清甜扑鼻。

　　林隐蹊有些怔住了，明明不是花开的季节，这十里羊角花竟色泽如火，染红了江山一隅。

　　荆楚！她在心里呼喊着他的名字，往花海奔去，荆楚一定是在这里的吧。

　　"荆楚！"

　　林隐蹊一个趔趄摔在地上，触手一片濡湿，鲜红染红了手掌。血？！

　　强烈的不安攫住她的心脏，林隐蹊爬起来往前面的深林里跑去。果然，荆楚正靠在一棵树边，他面色惨白唇色如火，鲜红的血浸湿了整个胸口。

林隐蹊步履艰难地跑过去，声音带着哭腔："荆楚……"

　　荆楚缓缓睁开眸，羽睫微颤，嘴角染着笑意："好看吗？"

　　林隐蹊微愣，一把抓住荆楚的胳膊："我带你去看大夫！"

　　荆楚轻笑一声，忽然头一歪无力地靠在林隐蹊的肩头……

　　"荆楚……"

　　"别动，我好累，让我靠会儿……"

　　荆楚微弱的气息呼在林隐蹊的耳根："林隐蹊，你喜欢……万俟哀……给你种了羊角花，那我如果让这天下羊角花一夜花开，你会不会喜欢……"

　　林隐蹊拼命地忍住眼眶的泪。忽然马蹄声起，花枝被塌断的声音越来越近。

　　荆楚轻声一笑："隐蹊。"

　　林隐蹊回过头，万俟哀一身戎装，身骑白马……这是她曾想过无数次的画面，而如今，他就这样站在她的面前。

　　"万俟哀……"

　　身后，荆楚苦笑一声，

　　万俟哀伸出手，话语温柔："隐蹊，过来，我来接你回家。"

　　林隐蹊看着他手握长剑，咬咬牙站起来朝着他走过去，停在了与他几步之遥的地方，她看着他的眼睛："万俟哀，你要杀了荆楚？"

　　万俟哀别开头，语气淡淡："我们两个人，终究只能活一个。"

　　"为什么？"

　　万俟哀却没有说话，举起剑指向荆楚的方向，似乎下一刻那剑就会飞出去。

林隐蹊一惊，走到万俟哀的剑前，平举起双臂，眼神坚定地看向万俟哀："你不可以杀他！"

万俟哀眸色渐暗，握着剑的手似乎有些颤抖。

他紧闭着眼，忽然剑锋微偏，强有力的剑风朝着林隐蹊飞过来……

林隐蹊闭上眼，眼里是万俟哀绝望的眼神和拼命想收回去的手。可是已经来不及……

耳边一阵轻叹，紧接着林隐蹊便落入一个温暖的怀里……她再睁开眼，就对上荆楚那双墨黑深邃的眸子。

他嘴角噙着一丝笑："林隐蹊，你总是给我惹麻烦。"

金属刺进血肉的声音清晰可见，荆楚单膝跪在地上，以一种保护的姿势抱着她。

"荆楚！"林隐蹊声音哽咽。眼前万俟哀的身影渐渐模糊，而他的身后忽然又出现了四五个黑衣人。

林隐蹊咬着牙，生生将眼里的泪水憋了回去："荆楚，我不会让你有事的。"

"是吗……"

"隐蹊！"

林隐蹊循着声音看过去，司却正策马而来，他从马上翻身而下，将缰绳递到林隐蹊的手中："隐蹊，带着荆楚走。"

眼下形势也不容林隐蹊多想，她接过来，眉眼间写满了坚持："司却，林若纯一生都在等你，你一定不可以负她。"

司却笑着点头："快走吧。"

荆楚拼着最后一口气力提起林隐蹊，纵身一跃到马背上，他深深地看了眼司却。

司却看着他们策马而去，转身看万俟哀和他身后数人。

杀气扑面而来，司却此时只能负隅顽抗，最终还是落于下风，刀架在他的脖子上。

一直负手而立的万俟哀，目光自始至终都看着林隐蹊离去的方向。

"带回去吧。"他淡淡地说了句。

忽然一口鲜血喷涌而出，顺着他身上的铁甲，滴落在脚下的羊角花瓣上。

"荆楚，你不要有事，我带你去找大夫！"

林隐蹊紧紧抓着荆楚的手，荆楚靠在她的背上，她甚至能感觉到背后一大片的湿热，那是他胸口的血。

"下马……"荆楚微弱的气息扑在耳后。

林隐蹊一愣，立马明白了他的意思。

她抱着荆楚从马上跳下来，将空马赶往别的方向。就算司却能替他们拖延些时间，可那些人一定还是会追过来。为了避免留下蛛丝马迹，只能舍马而去。

荆楚似乎已经晕了过去，林隐蹊没有丝毫犹豫，咬牙背起他。以前总是把她护在怀里的那个人，如今靠在她的背上。

荆楚，我一定不会让你有事的！

瘦小的身子承受着比她重两倍的身体，林隐蹊咬得嘴唇沁出血来。一脚一脚踏在污浊的泥坑里，好几次要倒下去的她还是稳住了身子。

　　林隐蹊不知道走了多远，直到一个破落的小村庄出现在眼前，她已经没有多余的力气再走下去了，带着荆楚一起扑倒在地上，身上已污浊不堪。

　　一双素白暗纹的鞋出现在眼前，林隐蹊有些艰难地抬起头，迷糊间，她看不见那人的面容，只能看到一身月白锦袍，宛如神临。

　　她不顾自己手上的污浊，紧紧地抓住那人的衣角："求求你，救救他！求……救他！"

　　然后便是铺天盖地的黑暗。

　　林隐蹊尖叫着，她看见一身白衣如雪的万俟哀，眼神冰凉，手里的剑穿透了荆楚的身体。

　　不要，万俟哀不要！

　　"万俟哀！"林隐蹊猛地坐起来。

　　"你再喊一次！"冰冷的声音响起，是荆楚。

　　林隐蹊心里一阵狂喜，掀开被子跑下床，脚腕钻心的疼痛传过来。

　　荆楚两步迈过来，林隐蹊扑进他的怀里，声音染上了哭腔："荆楚。"

　　荆楚闷哼一声。

　　林隐蹊抬起头，脸上写满了担忧："我是不是碰到你的伤口了？"

荆楚无奈地叹了口气,轻轻抱起她将她送回床上。

林隐蹊自然知道刚刚醒来的时候喊了不得了的名字,可是……

她看荆楚直起身子,慌忙拉住他的袖子:"你去哪儿?"

"要我陪你睡?"荆楚挑眉,微微扬起嘴角。尽管脸上没有血色,可依旧掩盖不住周身的贵气与雅致。

林隐蹊羞赧又犹豫地松开手,这才四下打量:一个简陋屋子,看起来都是很旧的摆设,除了他们现在坐着的这床,便只剩进门的桌子上,点了油灯,桌上一个小炉子在熬着什么。

荆楚走过去,将炉子端过来。

林隐蹊不明所以,却看见荆楚沿着床沿坐下来,抬起林隐蹊受伤的那条腿放在自己的腿上。

林隐蹊一个瑟缩:"你要干什么?"

"我伤还没好,你最好别乱动。"

林隐蹊心下一疼,看着荆楚修长的手轻轻脱去她的鞋袜,指尖轻触着她脚上的皮肤,原来肿成了这样,微微的疼痛感传来。

"怕疼吗?"荆楚沉沉的声音传来。

林隐蹊脸色绯红,愣了一下,轻轻咬着唇,眼睛盯着荆楚落在自己脚踝的手,大概骨头是错位了,现在是要掰回来?

她摇头,不怕!

但是当剧烈的疼痛沿着脚踝处如同藤蔓般传到心口,林隐蹊差点尖叫,下一秒便被柔软的唇堵住了嘴……

荆楚倾身吻住她唇间辗转反侧,一手扣着她的腰,另一只手却丝毫不停下——"咔嚓"一声。

林隐蹊涨红了脸紧蹙着眉，冷汗沿着额角落下。

荆楚抚上她的脸，将她的呜咽全数吞下。

末了，他缓缓退开，看着一脸愣怔眼里还噙着泪水的林隐蹊，声音如丝："乖，人家都睡了，我们不能太吵。"

他将炉子里的药敷在林隐蹊的脚踝，动作缓慢而轻柔。

原来自己醒之前，荆楚是一直在为她弄药的，林隐蹊手上还抓着荆楚的胳膊，轻声问道："荆楚你的伤好了吗？"

"怎么，急着让我干什么吗？"

林隐蹊低着头，话语间似乎有些委屈："我总是给你添麻烦……"

荆楚轻声一笑，俯身抱住她："你这么麻烦，还是忍不住想要你。"

林隐蹊听着自己的心跳，想推开他却又怕伤到他，罢了也只能问："我们这是在哪儿？"

"在彼此身边。"

林隐蹊忽然想起被春花咬伤的时候，她也曾问过他，那个时候她在他身边，如今他们在彼此身边。林隐蹊佯装恼怒："荆楚你烦死了！"

"我有些累了，我们睡会儿。"

荆楚轻声哄着，抱着林隐蹊已经躺了下来。

林隐蹊僵直着身子："你要在这里睡吗？"

"嗯。"

"那……"

"乖，别动，让我抱会儿。"

林隐蹊真的就不敢动了，荆楚的体温透过薄薄的衣料传过来，呼吸落在她的耳边，竟有了一种岁月绵长的感觉。

如果不是脚上的伤已经不痛了，林隐蹊始终以为昨晚只是一个梦。

她站在床前，看着床上昏迷不醒的荆楚。

"他……"

身后站着那日救他们的白衣男子，长相俊美儒雅，狭长的桃花眼里藏着谜一样让人看不清，声音带着闲散："比你想的，要严重得多。我还是头一次见到一个人，身上带着这么多毒带着这么多伤，还这么护着一个人，碰都不让我碰你，偏偏要自己拖着重伤的身子给你接骨。"

林隐蹊心里一沉，像是被什么捏着心脏，有些呼吸不上来。

白衣男子转身一个纵跃，弓着腿坐在窗檐，神色慵懒："我可以救他，不过……我有个条件。"

这个人举手投足之间尽是邪魅，可偏偏听这村子上的人说，他是江湖上有名的神医李如书。林隐蹊不知道李如书是谁，可是只要能救荆楚……

"我要你……跟我走。"

林隐蹊面露不解："为什么？"

"离开荆楚，离开万俟哀，当这个世界上从来没有过你……"

李如书停了声音，眼睛看向窗外，高低花树错落有致。

林隐蹊来不及问他为什么会知道万俟哀,门就忽然被推开。来人一身天蓝衣裳,肤色如雪,朱唇更映得面容娇美,眉眼流转是无与伦比的仙气。

尽管姐姐林若纯素来被称作江湖第一美女,可林隐蹊还是被眼前女子的容貌惊住了。

"茗幽。"李如书看过去,眸光闪闪。

她就是茗幽?

林隐蹊来不及消化那么多东西,只能睁大了眼睛看她。

茗幽缓缓走过来,朝林隐蹊低眉浅笑,转而走到床前,伸手轻触荆楚几大穴位:"魂莲散?"

魂莲散?林隐蹊不解。

却听李如书从窗上跳下来:"何止,他身上的毒,可比得上你们清灸派一年制的毒了。真不明白,太子在你们清灸派是用来试毒的吗?"

茗幽却没有再说话。

林隐蹊一肚子的疑惑在心里爆炸。

茗幽转身看向林隐蹊,朝她道:"跟我来吧。"继而转头叮嘱李如书,"那味绿花毒,还要拜托你了。"

李如书似乎想说什么,却只看着林隐蹊,阴冷一笑。

林隐蹊跟着茗幽来到村口初次见到李如书的地方,那一晃眼,她还以为是万俟哀。

"茗香给你们添诸多麻烦了。"

林隐蹊微微颔首："荆楚他……"

"荆楚是我师兄。"

师兄？

茗幽看着林隐蹊脸上的惊讶，淡淡笑了笑："看来，关于他的事你大抵什么都不知道。"

"他大概八岁的时候，身中剧毒，奄奄一息地出现在师父面前，在门前跪了整整三天。那个时候师父热衷于毒药，他便以身试药尝尽百毒，也算是百毒不侵，也习得了一身医术。"茗幽低眉，长长的羽睫在脸上投下一片阴影，"只是，他身上一直有一奇毒，就连师父也不知道哪里来的，大概是毒性太杂吧，所以他一直靠着自己制的护心丹活下来的。"

林隐蹊张了张嘴，说不出话来。

"林隐蹊，这魂莲散是我研制出来的药。"茗幽直视着林隐蹊的眼睛，"茗香会有魂莲散我也很意外，我替她道歉。"

林隐蹊这才明白，以荆楚的武功绝对不会轻易被刺，原来是茗香下了毒，只是她为什么要害荆楚？

茗幽的目光落在她的手腕上，那里有荆楚给她戴上的镯子。林隐蹊抬起手，通体晶莹的手镯在阳光下闪着莹莹白光，中间红珠更显刺眼。

"那是赤琳玉，中间红珠是清灸神药，无止境持续散发无味之气，能御百毒。而它本身特有的气味，也能被经过训练的鸟找到，他大概怕弄丢了你。"

林隐蹊轻轻抚上那手镯，心里说不清的震撼。原来从一开始，荆楚就在护着她。所以这一次她没有事，出事的是荆楚？

长久的沉寂弥漫在两人之间，茗幽嘴角忽然扬起一丝苦笑："茗香，大概是受南蛮王所迫……"

"南蛮王？"林隐蹊缓缓念道。

"万俟哀……"

林隐蹊这才意识到，眼前的人，是万俟哀的心上人。

而她费了好久才理清茗幽的故事——

万俟哀，他并不是什么镇疆大将军。他是皇长子，本来的太子。十五岁的时候为了平定南方战乱，皇上要选一位皇子作为质子送到南蛮。那人本应该是荆楚的，可是皇上一夜之间变了主意，将太子万俟哀送到南蛮国。

谁也不知道那一夜发生了什么。

而万俟哀便在南蛮受尽屈辱历经生死，好不容易站稳了脚，皇上却召他回去，两国交情瓦解，万俟哀便从皇子被皇上赐为镇疆将军。

而如今，皇上下令，限万俟哀一月之内破南蛮；而南蛮，却逼着万俟哀篡位。

……

茗幽走的时候告诉她，要救荆楚，除了李如书手上的绿花毒，还有两味药，一味是火鼠腹下皮肉，另一味是飞天教穹莲丹。

罢了茗幽又叹道："林隐蹊，万俟哀若是做了什么事，那也只是拿回属于自己的东西。"

林隐蹊愣在原地，暮春的风扫着地上的落叶，扫不清林隐蹊心

上的迷雾。

茗幽已经走远,李如书不知从什么地方走了出来,语气轻蔑地朝林隐蹊道:"现在知道,你是多大的祸害了吧!"

他斜着眼睛看她,手中忽然多了一颗黑色的药丸:"想要荆楚活命,就把这个吃下去。"

林隐蹊抬起眸子,眼里暗淡无光。

"作为你会离开他们的保证。"李如书弓着身子,嘴角噙着笑意,可眼里却是深深的厌恶。

林隐蹊微微颤着手接过,闭眼往嘴里一扔,她闷哼一声,生吞了下去。

"魂莲散,中毒之人七日失明,半月失聪,一月必死。"李如书闲散地站直身子,似乎在说一个笑话,"荆楚的时间可不多了。"

回到屋子的时候,荆楚已经醒了过来,似乎在跟谁说话。林隐蹊走进去才知道,是这房子的老奶奶。

老奶奶见她回来了,便笑着打招呼道:"刚刚还说起你多爱你的相公,那么瘦小的身子硬是背着他走了这么远。"

林隐蹊低下头,羞红了脸。老奶奶笑着道:"那这些衣服就放这里了,我就不打扰你们小两口了。"

屋子里忽然只剩下两个人,荆楚坐在油灯前缓缓沏茶,嘴角有藏不住的笑。

林隐蹊嘟哝着:"笑什么?"

"想到自己的娘子,便觉得开心了。"荆楚喝着茶,不缓不急地说话。

林隐蹊瞪着他:"我才不是你娘子!"

荆楚也没多说什么,忽然拉过林隐蹊坐在他的腿上。

林隐蹊耳根都烧起来了,推拒着:"你干什么?"

"为夫伤口疼……"

林隐蹊停下动作,生怕碰到他的伤口,可眼前这人却一直心安理得地撒着娇,哪里还有那个太子荆楚的半分样子。

一天的纷杂在心里散去,林隐蹊觉得前所未有的心安。

第二十二章

你若是冷酷，便对这整个天下无情，
为什么偏偏要在心里留下这么一小处柔软。

　　月色冰凉，空气里浮动着药草清香。

　　林隐蹊一身夜衣站在将军府门口，来时候茗幽告诉她，万俟哀现在情况很不好。而现在，跨过一堵墙，就能见他。

　　可是，还能见他吗？

　　林隐蹊几个纵跃，飞身而去。

　　昙华林里，火鼠似乎是闻到了小主人的味道，从树林深处闪现，趴窝在林隐蹊的旁边，轻轻舔着她的手心。

　　林隐蹊心一下子就软了下来，明明这样温柔地看着它，却要对它做那么残忍的事。

　　她抚摸着它的皮毛，缓缓开口："我带你走好不好？等你伤好了，你若是想回来，我便送你回来？"

春花似乎能听懂她的意思，蜷在她的脚边。

林隐蹊于心不忍，可是……

忽然一阵尖锐的声音划破了夜空。

林隐蹊怀抱着火鼠，足尖轻点，离开的时候，她似乎瞥见淡淡月光下，一角月白锦袍。

"隐蹊！"

出了明安城，司却正等在那里。

林隐蹊赶紧上前去，她知道司却与飞天教有关联，所以茗幽提到穿莲丹的时候，她第一个想到的便是司却，只是那个时候匆匆一别，她并不知道他的情况，却还是写信通知了他，即使找不到他，总还是要确定他的安全的。

如今看他安然无恙地站在这里，林隐蹊心里欣喜，眼里却涨满了酸涩："司却！"

司却扶住跑得过快的她，轻声笑着："好不容易觉得你长大了，现在又哭什么？"

林隐蹊没有说话，也许今日一别就是永远，她还没来得及回去看看，爹娘或许还以为她在将军府过得很好……

不过这样也好，林隐蹊将眼泪逼回去，笑了起来："你没事真是太好了。"

司却将药丸递到林隐蹊的手中："这个便是穿莲丹……"

林隐蹊一惊："你真的找来了？"

"嗯。"司却淡淡笑着，"快回去吧，要不来不及了。"

林隐蹊用力地点着头，努力保持着微笑："司却，谢谢你。"

　　当林隐蹊的身影消失在黑暗中，几个黑衣人现出身形，朝司却抱手作揖："教主，飞天教的宝物就这样给了出去，几位长老怕是……"

　　司却眉眼淡然，似乎并不在意他们的话，兀自说道："她手上拿着穹莲丹，多派些人保证她的安全。"

　　"教主！"黑衣人似乎有些急了。

　　"算了。"司却看着那逐渐消失的一点，"还是我自己去吧，你回去告诉长老，我自愿受罚。"

　　天空泛起一丝亮白，司却飞身追上去。

　　林隐蹊，你要什么，我不会给你呢……

　　回到小村子，已经是快次日午时了。

　　林隐蹊推开房门，荆楚却不在。

　　一阵强烈的恐惧缠住了她的心，房主奶奶走过来，眼里染着笑意："你相公占着厨房一上午了，也不知道在里面干什么。"

　　林隐蹊松了一口气："谢谢奶奶。"

　　她跑着去了厨房，拍着有些老旧的木门："荆楚，你在里面干什么呢？"

　　里面没有声音。荆楚的伤还没有好，林隐蹊心急："你再不出来，我就冲进去了！"

　　她退开几步，铆足了力气往里冲，可门却忽然开了。

　　林隐蹊一时停不住脚，直扑进荆楚的怀里。

荆楚忍着笑意:"怎么,才这么会儿没见,就对我思之如狂了?"

林隐蹊退开来,狠狠地瞪着他:"荆楚你怎么这么……"

没说完的话,被什么堵在了嘴里,林隐蹊细细咀嚼,是……羊角酥!

原来荆楚一直在给她做羊角酥?!

她看着荆楚脸上的一丝黑迹,堂堂太子居然委身逼仄狭小的厨房,只为了做她喜欢吃的东西……林隐蹊忍着鼻头的酸意。

"好吃吗?"荆楚小心翼翼地看着她,眼里含着期待。

林隐蹊鼓着嘴,摇头,不好吃。

"是吗?那我一起试试!"荆楚控住她的肩,就着她鼓鼓的嘴刚准备吻上去,林隐蹊却一头扎进了他的怀里。

"荆楚!"

远处茗幽恰巧走过来:"师兄。"

林隐蹊慌乱地从荆楚怀里出来,窘迫地瞪着荆楚。

茗幽笑道:"药已经备齐,可以开始了。"

荆楚淡淡地点头,跟着茗幽过去,忽然又回过头:"林隐蹊,你最好乖一点。"

直到李如书过来,她才明白荆楚话里的意思。

李如书笑着看她,语气不失鄙夷:"自从你来了,这小村子还真是热闹了。"

林隐蹊不解。

"想知道是谁在一户一户打听你的下落?"李如书笑得妖媚,

"没想到,一向冷血的万俟哀将军,也有痴心的时候。"

林隐蹊慌乱地奔到村口。远处,万俟哀一身白衣如雪面容苍白,修长挺拔的身影站在榕树下。

他看过来,一眼万年,眼里是无尽的温柔。

"如果不是茗幽阻拦,林隐蹊,我真想杀了你。"李如书在她耳边咬牙切齿,然后转身离开。只留下荒野般的寂寥,和两个无法走近的人。

"万俟哀……"林隐蹊缓缓开口,

"你昨晚回来了,"万俟哀打断了她,"带走了春花。"

林隐蹊点头,喃喃道:"可路上,它又自己回去了。"

万俟哀笑:"它都舍不得离开,林隐蹊,你什么时候回来?"

林隐蹊没有说话,万俟哀淡淡的声音响起:"林隐蹊,上一次……对不起。"

林隐蹊后来才知道,当时南蛮国的暗卫在那里,就算万俟哀不伤他们,他们与那些暗卫也是一场恶战。况且,最后他也没有为难司却不是。

所以,她应该谢他,放他们一条生路。

林隐蹊摇头,却看见茗幽走过来了。

茗幽站在她身边,满身疲惫,轻声开口安抚她:"李如书在,不会有事的,若是回去了,多燃些香料在房里,会好得快一些。"

她朝茗幽感激地点头,又看了眼万俟哀:"那我……先走了……"

"林隐蹊！"万俟哀叫住了她。

茗幽的眼神忽然像失了焦距。

万俟哀缓缓走近："林隐蹊，我们之间从来就没有别人。所以，跟我回家好不好？"

林隐蹊深吸一口气，事到如今，哪里都不会是她的归宿。她抬头，眼神冰冷："万俟哀，我和你从来都是两个人，又何来我们一说呢？"

她看着万俟哀渐渐暗下去的眼神，忍着心口的疼："你有没有看清楚你心里装的究竟是谁？现在那个视你如生命的女子站在你的身后，你……"

你们可以很相爱……

万俟哀悲戚地轻声一笑："真是……狠心的姑娘。"

林隐蹊眼睛酸涩，没有再说下去，转身离开不再回头。

风卷尘土，衣袂飞扬。

茗幽嘴上一丝苦笑："是她吗？"又仿佛自言自语般，"万俟哀，我从来没有在你脸上看到过这样的表情。"

"你若是冷酷，便对这整个天下无情，为什么偏偏要在心里留下这么一小处柔软。"

万俟哀似乎没有听见茗幽的话，低声呓语："林隐蹊，桃李成林下自隐蹊，我终究找不出那条路了吗？"

他捂住胸口，忽然一口血喷出来，落了满地的红梅。

"万俟哀！"

林隐蹊回了住处，刚好碰见李如书从房里出来。

　　李如书目光阴鸷地扫了她一眼，靠近她的耳边吐息如兰："给你两天的时间。"

　　"我知道。"林隐蹊脸上没有一丝表情。

　　她站在门口，迟迟推不开那门。不知道过了多久，里面一阵轻微的响动，荆楚打开门，长身玉立地站在门口。

　　他微微张开手："过来？"

　　林隐蹊鼻头一酸，忍住了扑过去的冲动，缓缓走了进去，却被荆楚扯进了怀里。

　　他就这样抱着她，仿佛刚刚经历了生死地抵死相拥。

　　"怎么这副表情，一副欲求不满的样子。"荆楚在她耳边轻轻说道。

　　林隐蹊挣开，佯装恼怒："既然好了就不要再给我装疼了！"

　　荆楚笑，拉着林隐蹊坐下来："见过万俟哀了？"

　　林隐蹊没说话，正酝酿着要怎么来一场撕心裂肺的诀别。

　　房门忽然被敲响，荆楚黑曜般深邃的目光落在她的身上，不紧不慢地起身，手搭在门闩上，顿了好久忽然侧过头，声音沉沉："林隐蹊，我到底该心疼你流了泪，还是该心疼你在我面前为别的男人流泪？"

　　心里似刀剑般生疼。

　　荆楚从外面关上门，独留她一个人在房间里。

　　她趴在桌子上，一直等到日暮沉沉落去，才起身点上桌子上的油灯，忽然想起茗幽说燃着香料会对他的身体好，便将身上带着的从茗香房里偷到的香料点上了。

丝丝缕缕的香气散在空气里。

刚好荆楚推门而入，若有似无地皱了皱眉。

林隐蹊站起身子，准备了好久的措辞，这一刻又不知道如何开口，头昏昏沉沉。

荆楚一身夜风，叹了口气："不开心了？"

"看见我痊愈，妨碍你招蜂引蝶了？"他迈着步子走过来，伸手准备抱她，林隐蹊却往后退了几步。

她咬着唇："荆楚，如果好起来了，就快回去吧。快走吧，不要再……缠着我了。"

荆楚目光微敛："他们给你灌药了？万俟哀，还是李如书？"

林隐蹊摇头，抬起眸子与荆楚的目光对视："你难道没有发现，我自始至终都只是在同情你。当时只当你要死了，不仅武功全失，甚至会失明失聪，我只是看你可怜……"

林隐蹊有些头昏，扶着桌角努力撑着。

"既然如此，你为什么会哭呢？"荆楚走到她的面前，伸手触着她的脸颊，"林隐蹊，你始终都太心软。"

"如果刚刚的泪是为了万俟哀，那现在呢？"荆楚环住她，林隐蹊没了力气瘫软在荆楚的怀里，"嗯？"

"荆楚，你是太子，而我只是一个手脚不干净的小偷而已。我根本就配不上你，我连想见你，都要被侍卫拦在门外……"

荆楚的声音低沉如钟，落在林隐蹊的耳边，带着一丝蛊惑："谁不让你见我，我杀了他。"

林隐蹊咬着牙推开他："我不知道你和万俟哀之间的恩怨，但是你有没有想过，也许你对我有兴趣只是因为万俟哀，你从来都在跟他争，无论是太子之位还是别的东西，因为是他所以你才感兴趣！"

　　"林隐蹊，你知不知道你在说什么？"荆楚眼里含着怒意，压着声音沉沉，"我要的，从来都是因为那是我想要的，无论是江山还是你。说什么江山美人不能兼得，那只是无能者说的话。我若是要一个女人，必然会把整个江山变成属于我们两个人的江山，并且只有我们两个人而已。"

　　林隐蹊忽然觉得一阵燥热，荆楚的身影在她眼里渐渐模糊，难道是李如书的药？来不及细思清楚，她的身体不由自主地软下去，落在荆楚的怀里。

　　她紧紧抓着荆楚的衣服，越想推开他，却在心底叫嚣着想靠近他。

　　荆楚俯在她的耳边，吹息撩热："女人，你可知道你点了什么香？"

　　林隐蹊眼神迷离，并不知道荆楚说了什么，只感觉到他横抱起她，然后她整个人就仿佛置身于柔软的云里……

　　荆楚微微起身想帮她脱去鞋，才动一下，林隐蹊就慌乱地抓住她的衣襟。他看着紧紧抓着自己衣襟的细白小手，不由得沉沉笑了："林隐蹊，你要我怎么离开你？"

　　他温柔地抚摸着她的轮廓，支肘看她像一只猫一样拼命往他怀里钻。她轻声呜咽着："荆楚，我难受。"

荆楚忍不住俯身，唇落在她的眼睑，然后慢慢往下："乖，马上就不难受了。"

林隐蹊本着最后一丝意识拼命地摇头："不是，荆楚，李如书……"

荆楚的手已经滑到了她的腰肢，轻轻解开她衣服上的缎带，他忽然想起下午在门口的时候，李如书附在她的耳边不知说了什么，眼里顿时划过一丝危险的信号："告诉我，他碰你哪儿了？"

"不是……"林隐蹊摇着头。

"我知道，否则我一定杀了他。"荆楚语气魅惑。

林隐蹊说不出话来，只能由着荆楚的手在她身上游离。

荆楚轻轻吻去她眼角来不及流出的泪："林隐蹊，要爱我吗？"

林隐蹊挣扎着，荆楚却越发放肆，咬住她的耳朵："乖，爱我好不好？"

眼泪流得更汹涌了，林隐蹊断断续续地说："荆楚，我喜欢你，好想喜欢你，可是……

"可是……他……我要离开你……"

"谁说的？"

"是药，三……支丹……"

林隐蹊好不容易把话说完，荆楚眸光一沉，用被子将林隐蹊裹紧："李如书给你吃了三支丹？"

林隐蹊迷乱地点头。

荆楚从怀里拿出一颗药，塞进林隐蹊的嘴里："以后若想诱惑我，不要再点这些乱七八糟的鬼东西，一个你就足够了。"

林隐蹊的手还抓在荆楚的袖子上，荆楚轻轻在她额上落下一个吻。
　　"乖。"
　　林隐蹊渐渐松开手，然后瞬间没了意识。

　　漏断人初静，不知睡了多久，朦胧间她似乎看见荆楚一身寒气，他坐在床前，喂她吃下一颗药。
　　身体躁动的气息终于平静下来。
　　她听见荆楚的声音像是穿越了无数个夜晚，落在她的心上——
　　隐蹊，和我在一起，不要害怕任何事情。只要你肯答应，无论是谁拦在路前，我自是遇神杀神，遇佛杀佛。你只需要在我的身后，做你想做的事情。
　　你若不肯答应，我便一直在这里，直到你答应。

第二十三章

荆楚临风而立,绝世容颜上一片温柔。
那样子,好像是在告别一样……

林隐蹊醒来的时候,荆楚不在。

她从床上起来,身体里的毒性似乎已经感觉不到了,体内一片清明。她恍了恍神,才想起来昨夜里发生的事情,难道荆楚真的找李如书要来了解药?可是李如书怎么会愿意给他呢?

林隐蹊走到桌边,桌上未燃尽的香还有些残余,她耳根一热。

门被推开来,荆楚!林隐蹊心下一喜,抬眼看去,却是李如书,她下意识地往后退了几步。

李如书挑起狭长的桃花眼,语气鄙夷:"林隐蹊,我还真没想到,你胆子竟这样大。"

林隐蹊不明白他在说什么。

李如书拿起桌子上的香炉:"三支丹本来就是抑制情欲的药,

与你的西域迷香自然是相冲的。"

"我是想你消失,可既然荆楚……"李如书刀削般的红唇在玉白的肌肤上更显妖媚,可此时他却没有再说下去。

林隐蹊却生出一股不安来:"荆楚怎么了?"

"呵,"李如书轻笑一声,"会当定离,世当珍惜。林隐蹊,你也该明白了。"

李如书说完便轻拂衣袖,甩手离开。

林隐蹊怔了片刻追了上去,可李如书却早已不见踪影。她泄气地靠在屋外的榕树下,揣摩着李如书话里的意思。

隔着草垛看过去,那人一身水蓝长袍,慵懒而不失华贵的身影,可不正是她想了一上午的荆楚。

她小跑着上去,稍稍走进才看见他面前站着的人却是那一次在他房里看到的姑娘。

林隐蹊停下步子,那小姑娘看起来灵动可爱,荆楚的手正放在她的头上,那温柔宠溺的眼神,难道还真是他的小红颜?

林隐蹊咬着唇,心里一股莫名其妙的火蹿上来,也不管荆楚刚好回眸看她,转身就往回走。

"站住!"

低沉的嗓音传来,林隐蹊的步子却越迈越快。

冷不丁撞进了荆楚的怀里,天知道他怎么飞过来的。

林隐蹊瞪他,荆楚笑:"这股酸味,甚是好闻。"

"什么酸味,我刚刚吃蒜了,你走开!"

林隐蹊想推开他,却被他箍进怀里:"现在倒是翻脸不认人了。

我没记错的话,昨晚某人可是折腾了我一晚上。"

林隐蹊看着荆楚得意地扬眉,心里来气,嗔怒着:"什么折腾,你再乱讲我就……"

"就怎么样?"荆楚好整以暇地看她,附在她的耳边,"现在怪起我来了,昨晚要不是我自制力强,可要被某人霸王硬上弓了……"

林隐蹊脸红得仿佛要滴出血来。

后面的小姑娘也跑了过来,眼睛里尽是灵俏的光。林隐蹊推开荆楚,嘴上斗不过,心里却想着要踩他一脚,荆楚却悠然转身,拉着那姑娘一起过来。

林隐蹊气结,居然还敢在她面前拉拉扯扯,刚想发脾气——

小姑娘银铃般的声音便插进来:"嫂嫂好,我是荆笙!"

一股气卡在喉咙,林隐蹊语不成句:"荆……荆笙?"

荆楚看着她:"虽然你吃醋的样子我还挺受用的,但没办法,这可是我的亲妹妹,你的小姨子。"

"我还没说什么呢!"林隐蹊瞪他。

荆楚暧昧地看她:"昨晚说得……够多了。"

"你!"

荆笙拦过来:"嫂嫂,之前是我贪玩让你误会来着。不过,二哥这么喜欢你,你就别害羞了!"

林隐蹊笑,这样分明是更害羞了。

荆楚却正经起来,看向荆笙:"你嫂嫂厨艺不错,让她给你做羊角酥?"

谁厨艺了得了！林隐蹊在腹中腹诽着。可荆笙却兴致极好，拉着林隐蹊就往厨房的方向走去。

林隐蹊看着荆楚依旧站在原地，没来得及问他要去哪儿，荆笙便笑着打趣道："哎呀，嫂嫂，你不要太黏二哥了，二哥好歹也是男人，要有自己的空间。我们女人呢，要学会张弛有度！"

"可是……"

"你的羊角酥可把我二哥迷得不要不要的。赶紧来教教我！好让我也能像你一样靠手艺找到一个像二哥这样的男人！"

荆笙急着拉走她，她求助地望向荆楚，却听见他只是说了句："乖，去吧，等我回来。"

微风拂起荆楚的衣角，他临风而立，绝世的容颜上一片温柔。那样子，好像是在告别一样。林隐蹊心里涌出一阵酸涩，却暗暗瞧不起自己的不争气，什么时候这么离不开他了。

简陋寒酸的厨房里，林隐蹊和荆笙两个人站着干瞪眼。

"其实……我没那么会做羊角酥。第一次，荆楚吃得拉肚子；第二次，吃完……就遇刺了……"林隐蹊越说越没了声音。

荆笙笑起来："不愧是我嫂嫂，太厉害了！比我还笨，居然还能让二哥那么喜欢你。"

林隐蹊额角冒汗，荆笙却挽起袖子，到角落里抱来了柴火："那就再给二哥做一次吧！"

林隐蹊也不好拂了荆笙的兴致，便也挽起袖子，从柜子里找了些材料。

荆笙蹲在灶前燃火,火光映在她的脸上。

林隐蹊笑:"我以为公主都是娇生惯养的,可看你这个样子,还真不像一个公主。"

"嫂嫂。"荆笙叫她。

林隐蹊转头,却看见她眼里的光忽然暗下来。

"我们这样长大的孩子,和寻常家的孩子不一样的。"

林隐蹊手上的动作缓了下来,听着荆笙幽幽的声音:"二哥很小的时候就亲眼看见自己的娘也就是苏妃娘娘,被父皇当时最宠幸的妃子陷害,失足落水。苏妃娘娘当时肚子里还怀着孩子,还差一个月就足月了……可那一次,二哥就这样眼睁睁地看着自己的娘和尚未出世的妹妹……"

木枝在火里烧得噼里啪啦。

"二哥那个时候还小,什么也做不了……他只能趁其不备将那个妃子推下水,却惹得父皇震怒。所以从那之后……父皇教大哥骑马射箭带大哥微服私访,却从来没有好好看过二哥。别的皇子有的东西,二哥一样都没有。二哥有的东西,全部都是他费尽千辛万苦一点一点得到的……"

"后来呢?"林隐蹊一度怀疑这不是自己的声音。

"后来我们和南蛮国不交好。父皇就决定,将二哥作为质子送往南蛮国。可是后来送去的……后来送去的,是大哥。"

林隐蹊忽然想起来茗幽之前跟她提到过的。

"是万俟哀?"

荆笙点头,目光呆呆的:"是的,大哥是我的亲大哥,我们都

是容妃所生。二哥的母妃和我们的母妃是亲姐妹。"

荆笙顿了顿,接着说道:"苏妃娘娘被害死,皇上始终认为是我娘的陷害。他甚至觉得亲姐妹为了争宠互相残杀,实在拂了他的面子。"

"苏妃,不是被推下水的吗?"

荆笙忽然低下头去,声音喑哑:"是这样没错,可是后来才发现。苏妃娘娘在落水之前,肚子里已经是死胎了。而据当时苏妃娘娘的太医说,是我娘暗使……在苏妃娘娘的膳食里下了药。所以我娘一下子被打入冷宫,大哥……也情愿搬进冷宫。"

她叹了口气,又抬起头来:"父皇震怒,便废了大哥的太子之位。至于成为质子……是因为娘在冷宫病重,大哥为了能给娘请御医,自愿去南蛮国,以此作为交换,换娘出冷宫。后来,二哥锋芒渐露,终于得到父皇的青睐。尽管得到了太子之位,可是却不断地被有心之人明里暗里算计,二哥吃下的毒药、受过的伤,已经数不清了。可是尽管这样,尽管他们说我的娘害死了苏妃娘娘,二哥却从来都把我当亲妹妹一样看待,多少次以为自己会死的时候,都是二哥叫着我的名字把我从鬼门关唤回来的;二哥被其他的嫔妃折磨得生不如死的时候,还会若无其事站在我面前,笑着跟我说没事……"

林隐蹊放下手里的东西,缓缓走到荆笙的身边。这个小姑娘,也才没多大吧,明明是公主,却承受着这么多的痛苦,她在她身边蹲下,想给她安慰却不知从何安慰起。

荆笙眼里闪着光,祈求地望着她:"嫂嫂,二哥这一生活得很难。我从来没有见二哥对哪一个人如此上心过。只有你是例外。"

林隐蹊咬着唇，心里一阵激荡。

外面忽然传来一阵骚乱，林隐蹊皱眉看去，却发现荆笙面容平静，一股强烈的不安漫上心头，她惶恐地看向荆笙。

"荆楚……到底去哪儿呢？"

荆笙低头，咬着唇："嫂嫂，大哥……他大概已经篡位了……

"他从南蛮国那里要了十万兵权，今日午时攻占城门……"

"那荆楚呢？"

"二哥他早就知道会有今天，所以，他让你潜在大哥身边，一是为了青鸾玉里的绿花毒作为自己身上毒的药引；二是让你打探大哥手里兵符的下落……可最后他一个都舍不得让你去做。"

林隐蹊觉得有什么在脑海里一闪而过："兵符……"

她猛然记起还在将军府时茗香无意间说的话："万俟哀曾以二十万……赠予茗幽……荆楚可知道这事？"

她脱口而出："兵符在茗幽那儿！"

荆笙也觉得意外："你说什么？"

既然兵符在茗幽那里了，万俟哀为什么要篡位？

难道是……她记起来茗幽那时说的，万俟哀如果做了什么，那也是拿回属于他自己的东西……既然这样，她会将兵符交出来吗？

林隐蹊跑遍村子，终于在村外的湖边找到了茗幽。

茗幽似乎早就料到她会来，正坐在湖边的木栏上，眉眼宁静，语气平静："你想问我万俟哀为什么会这么做？"

"不论是荆楚还是万俟哀，对皇上的恨意都足够他们杀他一百

次。而万俟哀，只是先于荆楚，做了他们俩都想做的事情而已。"

她站起身来，目光落在林隐蹊的身上："你以为，万俟哀如此急迫地篡位，究竟是为了谁？"

林隐蹊咬牙不说话，在她心里始终不肯相信万俟哀会做这样的事情。

"我以为，像万俟哀那样的人，大概是没有谁能影响他的，可如今看来，终究是人不对。"

"万俟哀手里的兵权……"林隐蹊问。

闻言，茗幽笑起来："你果然是来问这个的。"

"倘若我告诉你，万俟哀从南蛮国王那里借到十万兵权的条件是拿自己的命作条件，你还要把我这里的兵符拿回去给荆楚，然后从万俟哀手里夺走这一切吗？"

事到如今，她已经没有别的选择了，如果是荆楚和万俟哀，总有办法的。

可她也没有办法坐视不理。

茗幽笑，眼里却没有丝毫笑意："他的确赠我兵符，可他对我终究只是救命之恩。他明知道我是南蛮人，却以手上二十万兵力相赠，因为那些都是他不要的东西，他要的……"茗幽沉寂了好久，才又开口，眼里有盈盈的泪光，"他首战告捷，皇上赏他，可他不要皇子之位，不要太子之位，他只求皇上赐一段姻缘，万俟将军和林家小姐。"

林隐蹊心里一怔："可是……要嫁的不是我姐姐？"

"可最后还是你……"茗幽一声苦笑，"或许真的是注定了的吧。

"他要的，自始至终不过一个你。"

……

可是，他们从来都没有见过不是吗！林隐蹊微怔，仿佛忘记了什么东西，却又一直记不起。

"这一次，也是南蛮王逼他篡位，若是拒绝，你和荆楚便只有死路一条……"

茗幽晃着身子，忽然笑起来："林隐蹊，最不该站在这里的人，就是你了！可你偏偏还是来了……"

看她摇摇欲坠的样子，林隐蹊想伸手扶她，却被忽然而至的李如书打开了手。

李如书仿佛从天而降，一身白衣划出一道有力的气流，将林隐蹊震得推开。他将茗幽护在怀里，眼里充满狠戾："林隐蹊，万俟哀那二十万的琉花佩并不在茗幽这里，你若是再来伤她半毫，不管是谁阻拦，我必定杀了你！"说完便横抱起茗幽飞身而去。

林隐蹊手撑在地上，琉花佩？

她忽然想起来从万俟哀身上偷来的盒子，慌忙从身上掏出来，打开盒子的手有些颤抖。那个时候没在意，可现在才看清，那通体无瑕的玉石上，刻着淡淡的"令"字。

原来一直在她这里！

荆笙的声音从远处而来，她慌乱地扶起地上的林隐蹊："嫂嫂，你没事吧？"

"带我去见荆楚！"林隐蹊眼里写满了痛楚与坚持。

荆笙也被镇住了:"可是,二哥说,你只要等他回来……"
"带我去见他!"林隐蹊吼。
"他一定会回来的!"
荆笙还是没能拗过林隐蹊:"好,我带你去!"

终 章

"江山在脚下,你在怀里,你说哪个重要。"
"为什么不在心里?"
"因为心在你那里。"

林隐蹊和荆笙快马加鞭,几乎一刻不停地赶到了京城。

如今局势已乱,荆楚即使带着四万精兵与万俟哀抗衡,也胜负难定。他站在军营前,月色照着他一身戎装,泛起莹亮的寒气。

林隐蹊就在离他几步远的地方,看着眼前清晰的熟悉的面孔,心里一片汹涌,这人……还有多少是她不知道的呢?

她忍着眼里的酸涩,未及开口,荆楚就回过头,他似乎能感应到她的存在。

"荆楚……"林隐蹊开口时才发觉自己的声音喑哑,却不知什么时候整个人已经落入荆楚的怀里。

沉沉的嗓音从头顶传来:"想我了?"

林隐蹊拍打着他的胸口:"都什么时候了还说这个!"

荆楚笑，也是，生死已过，这世上大概也没有什么能让他害怕了。

林隐蹊咬着唇，摊开手心，琉花佩在月光下显得晶莹无瑕。

"我不知道，这个东西一直在我这里……"

荆楚轻笑着，缓缓握上她的手："林隐蹊，你在小瞧我吗？"罢了又在她耳边低语，"不过，我也确实等不及了……"

林隐蹊想说什么，荆楚伸指轻压在她的唇上："你放心，我不会让你受到一丝伤害，一点点都不会。"

万俟哀无心皇位这件事荆楚从来都知道，只是既然他已经篡了位，那么无论如何他也要做足形势。用四万精兵夺回皇城也是迟早的事，只是既然有了这二十万兵力，便是朝夕的事情了。

他说了会回去，哪怕一天也不想让她等。

次日，皇城高楼上。

万俟哀依旧一身白袍，执箫奏曲。风大无声，吹起他的衣袍猎猎作响，面容似乎又多了几分憔悴。

林隐蹊隔得远，听不清他吹的曲子。荆楚已经只身过去了，他们之间的事，荆楚不愿意她插入，万俟哀大概也不会想看见她，所以她便远远地看着好了，只等一个结果。

"我输了吗？"万俟哀的声音依旧温润平静。

荆楚冷冷一笑："看来我还是低估了你，将兵符放在林隐蹊身上，无论是我还是司却，都不会轻易想到。"

万俟哀的目光似乎落在远处的某一点上："你若如此觉得，或许也没什么不好。"转而又移开目光,"荆楚,你我二人都不想挑起战事。如今……局势已定,我也不会再妄图改变什么了。"

"抱歉,我不会答应你任何条件。"

"呵……"万俟哀轻声笑起来,"我还从未见你如此紧张过谁。我不会强迫任何人,也不会求你任何事。只是要谢谢你,这些年来替我照顾荆笙。"

荆楚目光凌厉地看向万俟哀,并不开口。

"我知道你从小便恨我。无论是年长于你,还是你母后的死。这么多年了,想必如今也没什么好恨了。"

荆楚凝眸看他:"万俟哀,你弑父篡位,就算我不追究,还有全天下的百姓,他们怎会容得下一个勾结外党谋权篡位的贼子!"

"无碍。"

"那就得罪了,大哥。"荆楚的声音压得更沉了些,过了好久,艰难地开口,"将万俟哀关进天牢,秋后问斩。"

地牢,阴暗潮湿,空气里泛着腐烂的味道。

门口的狱卒横七竖八地倒在地上,林隐蹊收起手中的银针——地牢的锁也不过如此。

地牢深处,一身白衣的万俟哀盘腿静坐,仿佛身处的并不是这样一个肮脏的环境,依旧是一身遮不住的气质斐然。

"万俟哀!"林隐蹊轻唤他的名字。

万俟哀睁开眼,珀色双眸蕴着淡淡的光:"隐蹊,我一直在等你。"

林隐蹊心里仿佛被压着巨石般喘不过气："万俟哀，对不起……"

"没什么对不起的，"万俟哀语气淡淡，"那琉花佩，本来就应该是送给你的礼物。"

"送给我？"林隐蹊不解。

万俟哀轻声笑道："说过欠你的东西，始终是要还给你的。但一直不知道你会不会来，于是便也不敢离开。可是如今，来也好，不来也罢，我知道你要做的事情，谁都强迫不了你。"

"对不起……"林隐蹊低着头，也不知道说什么好。

万俟哀想说什么却又住了嘴，他伸手抚上林隐蹊的额角："林隐蹊，你若是记得那年……"

"嫂嫂！大哥！"荆笙不知什么时候也跑了进来，打断了万俟哀的话。

林隐蹊的注意也挪到荆笙那边，急切地问："怎么样，拿到了吗？"

嗯，荆笙摊开手心——是红莲丹，吃了可以假死的药，她们从荆楚那里偷来的。

万俟哀怔了好久，语气似有无奈地笑道："我可不可以当作你在保护我？"

林隐蹊低着头，荆笙却急了："大哥，二哥根本无意杀你。所以，你赶紧离开吧！茗幽姐姐在南蛮那边会接应你的。"

万俟哀却始终看着林隐蹊，林隐蹊抬起头，目光坚定："万俟哀，你快走吧。"

"我还欠你一个婚礼……"

林隐蹊咬牙:"万俟哀,对不起,现在才告诉你,不知道什么时候……就是荆楚了。不管是惹我生气的他,还是让我难过的他……可正因为有他才有了那么多不一样的情绪,是从来都没有过的。人生在世,应当好好珍惜的。"

万俟哀放下手,淡淡一笑:"如果他待你不好,林隐蹊,我怕我放不了手……"

春天不知道什么时候已经结束,细牙般的月亮挂在夜空里,仿佛随时都会掉下来。

万俟哀看着来时的方向——林隐蹊,我第一次见你的时候,你还是个小姑娘。可转眼,你就是别人的心上人了。

林隐蹊看着司却带着万俟哀的身影渐渐远去,天空已经泛起了一丝亮白。

背上忽然一暖,荆楚脱了外袍站在她身边。

林隐蹊心里一惊,正想着要怎么解释,却听见荆楚不咸不淡的声音:"见过他了?"

林隐蹊低着头,语气微弱不敢造次:"你知道了……"

荆楚瞥了她一眼:"否则呢?就你那三脚猫的功夫,以为这么轻易就可以进得了我天朝大牢?"

"我以为你养了一群饭桶……"林隐蹊嘟哝着,却被荆楚箍住了身子逼得抬起头来。

她看着荆楚一双眸子深邃如墨,听他声音淡淡:"饭桶,爷暂

时只想养你一个。"

"那你就是不怪我去见万俟哀了？"林隐蹊忍不住窃喜。

"怪你的话，万俟哀就走不掉了……"荆楚瞥了她一眼，眼睛看着江山如画，嘴角却有藏不住的笑意，"还好，不管怎样，始终都是我。"

林隐蹊有些窘迫地低下头："你都听见了？"

她偷偷抬头，却见荆楚笑得颠倒众生，又害羞地扑进他的怀里。

"林隐蹊，如今也算得上是尘埃落定了……现在想起来与你在村子里的日子，倒是如梦一样，却让我真切地感觉到了他们说的幸福的感觉。那个时候我也有想过，若是抵不过万俟哀，与你就地而居郎情妾意也没什么不好。可是这江山是我执着最久的一件事情，我自然是不会放手的……可如果是你，我还真怕我突然就放手了。"

林隐蹊觉得这真是她听过荆楚说得最多的一次了。

她仰起头，问："为什么……是我？"

"你不知道？"

林隐蹊摇头，荆楚无奈："说了多少次，你脑袋里除了装着我，还是要装点别的重要事的。"

"荆楚，你……"林隐蹊佯装恼怒，却被荆楚抓住了乱动的手，没说完的话也被堵在了唇里。

从一开始的辗转厮磨，到后来的唇舌交融，比之前的每一次都要温柔，却又从不失深情。林隐蹊切切实实地感觉得到荆楚要传达的。

"嗯，果然很甜。"荆楚微微退开一丝空隙。

"你流氓！"林隐蹊红了脸。

"隐蹊，你一开始好像也是这么评价我的。没想到这么久，我居然一点进步都没有。"

"你活该！"

"那就更不能等了！"荆楚笑着，眼神却是前所未有的认真。

林隐蹊看着他墨黑的瞳孔里，唯有自己闪耀其中，唯一的自己。"林隐蹊，对你来说不知道是从什么时候，可是对我来说，或许从一开始就是你了。天下之大，大不过你的触手可及。我说了，我要这江山，也要你。"

荆楚的声音好听得有些不真实，林隐蹊似乎是有些醉了，语气娇嗔："那我和这江山哪个重要？"

"江山在脚下，你在怀里，你说哪个重要。"

"为什么不在心里？"林隐蹊直起身子，瞪着眼睛看他。

荆楚将她的手心攒在自己的手心，远处的天空泛着隐隐白光，江山一隅开始慢慢清晰。

"因为心在你那里。"

正文完

番外一

万俟哀回头，身后是万丈城楼，青灰色的砖瓦在夕阳下被镀上了一层淡淡的光。

这是第二次了吧，这样看这座城。

第一次是十年前，为了换母妃一条命，他作为质子去了南蛮国。

以为一辈子不会回来了，后来还是回来了，却赶不及见母妃最后一面。

那一日他站在冷宫，手里捧着母妃的骨灰，忽然想到很久很久以前，在这里曾遇见过一个眉眼明亮的小姑娘——

那个时候母妃因为陷害苏妃之罪被打入冷宫，他虽然是太子，却执意跟着她搬了进去，因此一朝失宠。

甚至，肚子都填不饱。

也不是过惯了锦衣玉食,只是那一天皇上新立太子普天同庆,简单的青菜豆腐,厨房忘记了而已。

母妃躺在简陋的床上,身染重病,棉衣不暖锦衾薄。

他咬咬牙跑到大殿外,想求求父皇,可终究迈不开腿。

她就是这个时候出现的,圆润的脸蛋,被寒风吹得通红,一双大眼睛闪着晶亮的光。她说:"漂亮哥哥,我又来陪你玩了哦!"

大抵是认错了吧,万俟哀想。他并不想理她,转身回冷宫,她却跟了上来,小孩子的声音软软糯糯:"今天大家都在跟皇上吃饭,你怎么在这里呢?"

万俟哀加快了步伐。

"哦,我知道了!你肯定跟我一样贪玩所以偷偷跑出来了对不对!"

她不是坏人。万俟哀停下步子,她撞了上来,眼睛透亮,仿佛装满了那夜的月光。万俟哀咬咬牙,终于开了口:"你……有吃的吗?"

"啊?你饿了吗,是不是因为你太贪玩你娘不给你饭吃,我和司却偷偷溜出去的时候我娘也不给我饭吃。"

真吵!万俟哀微微皱眉,却看见她从身侧的小布袋里掏出来什么东西,举着小手伸到他的眼前:"喏,这是司姐给我做的羊角酥,可好吃了。"

万俟哀愣了片刻,犹豫着伸不出手。她却主动地握上他的手,小心翼翼地把糕点放在他的手心。

"谢谢。"万俟哀低着头,话语不甚清晰。

那样的笑，明眸善睐，在千林落木的寒夜里，艳如春日。

他捧着羊角酥急切地赶回冷宫，跪在母妃的床前轻轻唤她："母后，我找来吃的了！"

床上的女子面容惨白，依稀能辨识昔日倾城之貌。她吃力地支着肘坐起来，看着万俟哀手里的东西，目光微凛，语气微微严厉："母后不是跟你说过了，不要随便吃他们的东西吗？"

万俟哀摇头："娘，不是他们给的，是……"

他转过头，寒风吹得木窗哐哐作响，空旷的房子，只有烛火摇曳，哪里还有那张圆圆的小脸……

他一直以为，她是跟过来了的。

心头漫过失落，他语气微弱："母后，不会有事的，我已经不是太子了，他们不会再想害我了。"

"唉……"一阵悠长的叹息。

"小哀，是母后对不起你……"

门口忽然一阵巨响，万俟哀猛然回过身。

果然是她，被门沿绊倒，摔在地上，脸上还有黑黑的泥灰，怀里抱着什么东西。她有些笨拙地爬起来，咧着嘴跑过来，摊开怀里的东西："漂亮哥哥，看，我还有好多呢，刚刚偷偷跑到爹爹那里拿来的！你和你娘可以慢慢吃了！"

万俟哀不知道作何表情，母妃的声音在后面响起来："小姑娘，你是……"

"我是林隐蹊！"林隐蹊绕开他跑到床前，惊呼，"漂亮哥哥的娘也好漂亮哦……"

林隐蹊。万俟哀在心底默默地念。

"你不是宫里的人?"容妃说话间已经有些吃力。

林隐蹊笑着:"我是林府的女儿,不是宫里的人,不过这宫里好美,好多漂亮的人啊!我将来一定要嫁到宫里,做最漂亮的妃子!"

容妃失声笑了,忽然一阵猛咳。万俟哀慌忙走过去,轻轻拍她的背。

林隐蹊皱起小小的眉头:"你难受吗?"

容妃摇头:"好孩子……"

"要不我给你跳支舞吧!"林隐蹊忽然想起什么,"司却和司姊生病的时候,我给他们跳舞,他们就会笑,一点都不像生病的样子呢!"

"是吗,"容妃喘着粗气,"那让小哀给你伴曲好不好?"

"好呢!"

万俟哀的目光落在她的身上。母妃很久没有这样笑过了,他也很久没有遇见这样的热闹了。

万俟哀的箫技已经纯熟,可小林隐蹊还只会偷吃。

林隐蹊笨拙地转着圈,步子有些杂乱。可小小的她那么努力执着的样子,看得容妃真的跟着笑开来。

那一夜的一曲一舞。

清风寥寥月斑斓,舞袖翩跹人微酣。

烛尽箫停又一盏,一笑醉后月满山。

林隐蹊走的时候，万俟哀追了出去，他站在月光下，想叫她："林……"

林隐蹊转过头，站在那条悠长的小路上笑靥如花："记住哦，我是林隐蹊，桃李成林，下自隐蹊的林隐蹊！"

嗯，桃李成林，下自隐蹊。林隐蹊，可是我再也找不见那条路了。

很久以后万俟哀才知道，那个时候林隐蹊会出现在他面前，是因为在更早的时候，她曾遇见一个人，她伸手掀开了他的面具，瞬间被那个漂亮哥哥迷了眼。

而万俟哀，像极了他的样子。

番外二

良辰美景，烛火通明。

皇城之内，千里之外，大街小巷普天同庆，谈论的都是新继位的年轻皇帝立后的事。

"听说啊，这位皇后也是美得不要不要的呢！"

"是呢，端庄娴雅，知书达理，与皇上简直天造地设！"

……

而此时，那位"端庄娴雅，知书达理"的准皇后，正撸着袖子趴在婚房的门上，一边掰使这门锁一边嘀咕着："让你还不来！让你喝酒去！今天晚上你就别想进来了！"

"皇上。"守门的丫鬟毕恭毕敬的声音吓了林隐蹊一大跳。

她飞快地转身跳到床上，整理了自己的衣着盖头，安安静静坐

着,好不端庄娴雅。

屏住呼吸间是门被推开的声音,林隐蹊看不见,只觉得奇怪,刚刚自己已经锁上了啊,怎么会这么轻易就被打开了?

可她等了好久也没听见别的动静,荆楚这是喝醉了吗?进来又不说话!林隐蹊心里嘟哝着。

她刚准备掀开盖头,却被握住了手,温热顺着指尖到脸颊。

林隐蹊嗔怒:"你明明在为什么不说话?"

即使看不见脸,似乎也能看见他嘴角的得意。

"想看看你着急的样子。"

"却没想到,我的皇后,这么……迫不及待。"

林隐蹊还是头一次听到皇后这个称谓,有些不适应,还好有盖头挡着,她低着头不知如何是好。唯一的盖头也被掀开了,目光所及之处,一身婚服如火的荆楚出现在她的面前,更衬得面冠如玉。

林隐蹊的话卡在嘴边,就这样愣了神。

荆楚抱住她,话语间的温柔让她无尽坠落。

"林隐蹊……"

林隐蹊此刻觉得自己的名字真好听。她含羞:"嗯?"

"不枉你行盗江湖这么多年,终于有一次偷到宝了。"

"啊?"林隐蹊额角黑线,"你在说你自己吗?"

荆楚笑,不置可否。

林隐蹊推开他,保持两人距离:"荆楚,我怎么以前没发现你这么自恋。"

"哦,是吗?"荆楚气定神闲地又捞她在怀里,"没关系,我们有的是时间,可以慢慢来。"

"谁要和你慢慢来!"

"你若是不想,我们也可以……如了你的愿,快马加鞭……"

荆楚的声音慵懒中透着一丝性感,手指不知道什么时候已经缠上了她腰间的缎带,林隐蹊眼里闪过一丝狡黠。

"那不如……"

她飞快地从荆楚怀里脱身而出:"先追到我再说啊!"

……

可是,过了这么久,果然还是斗不过荆楚。

林隐蹊做出跃出去的姿势,可是身子却纹丝不动,笑容立马僵在了脸上,简直没脸见人了!她直接哭丧着脸落在荆楚的怀里。

"没想到,娘子喜欢这样的玩法……"荆楚故作镇定,"你要是早点说……为夫自然懂……哪里需要娘子费这么大周折……"

"荆楚,我跟你没完!"林隐蹊号叫着。

荆楚却不紧不慢,抱着林隐蹊往床边走去:"那为夫还真是……求之不得……"

林隐蹊被荆楚抛在床上,她瑟缩着往床角退去,将自己不小心露出来的肩膀又努力地遮挡起来:"你要干什么?"

荆楚的目光幽深:"林隐蹊,我等很久了……"

"那你要不再等等?"林隐蹊试探地问,却一个猝不及防被荆楚拉进了怀里,刚要尖叫却被荆楚堵住了嘴。

所有未完的话融在唇齿之间,荆楚的手轻轻覆上她胸前的柔软。林隐蹊嘤咛一声,然后听到衣服被撕破的声音……

林隐蹊觉得，荆楚嘴中清甜的酒香要比那迷香好用得多，她喘着气，眼神迷离，荆楚才不舍地放开她的唇瓣。

　　荆楚的手指爱怜地摩挲着她有些红肿的唇，沿着锁骨缓缓而下。

　　林隐蹊捉住了他的手，含混不清的声音："你听……"

　　窗外有几声怪异的鸟叫。

　　荆楚皱眉，咬上她的耳朵："专心点。"

　　林隐蹊一把推开荆楚，一本正经地拢起衣服："是司却！"

　　"不准去！"荆楚准备拉过她。

　　林隐蹊灵巧地闪身："不行！我一定要去！"

　　林隐蹊看着荆楚瞬间冰冻的脸，咬咬唇移过去凑到他脸上狠狠亲了一口："反正……我们……时间多得是……"

　　荆楚挑眉，目光沉沉地打量了她，随即亲手为她穿上了无数件衣服，才满意地放开她："早点回来。"

　　林隐蹊走到门口，又看了他一眼，那人慵懒地躺在床上，无比妖孽！

　　林隐蹊顺着声音而去，果然是司却。

　　她兴奋地跑过去，可奈何身上穿的衣服太复杂，难免有些步履蹒跚。

　　司却没等她过去，自己走了过来："难得见你这么开心。"

　　林隐蹊挠头："有吗？"

　　"对了，"林隐蹊忽然想起来什么，"你和姐姐，怎么样了？"

　　司却轻声一笑，眼里有什么一闪而过。他没想到，一向温柔沉静的林若纯居然会自己找去飞天教。他掩去表情:"只要你好,我们就都好。"

"那就好。"林隐蹊舒了一口气,

她依旧不知道他的身份,不过这样也好,在走之前能看着她过着自己想要的生活,已经足够了。

司却笑着跟她说了些话,直到最后也没有告诉她自己会离开这个地方。

他相信,荆楚会代替他,将她保护得更好。

林隐蹊挥手跟司却告别,看他的背影融在夜色之中,转身便撞上了荆楚那一双墨玉般的眸子。

"怎么了,这么舍不得?"

林隐蹊转着眸子,娇笑着凑过去:"哎,要不你封他个御前侍卫做做,这样也不至于因为我被赶出林府后漂泊无依。"

荆楚白了她一眼:"司却可不是你以为的那么简单,他有他的事情要做。"他转而正视她,"况且,你这么不省心,身边多一个男人我就觉得多一点麻烦。"

林隐蹊面色愠怒,心里却还是有一丝得意:"司却只是从小和我一起长大,一直把我当妹妹看的!"

"嗯。"荆楚淡淡应着,"光这个我就嫉妒很久了。"

林隐蹊偷偷笑,难得荆楚这么直白地承认自己吃醋了,她跳着挂到他的身上:"你吃醋的时候好可爱!"

荆楚目光深邃不已,双臂一用力就将林隐蹊扛到肩头,毫不犹豫地扛着她转身一脚踢开卧房大门。

林隐蹊这才觉得不妙，挣扎着要下来，可是……明显已经晚了。

"你你你，荆楚你放我下来！"

林隐蹊尖叫着，换来的是荆楚关上房门的声音。

"你再乱来，我会叫的……"

床上，荆楚翻身压住她，笑得邪魅："求之不得。"

"啊……荆楚你太流氓了我要抗议我要出去！你浑蛋你无耻你臭屁……"

夜色缠绵，红烛摇曳，花床微颤……只剩下谁如梦呓般的浅浅低吟……

不知过了多久，夜色划开了一道口，隐隐亮光透进来，林隐蹊迷糊着睁开了眼，荆楚正支肘看她。

她揉着眼嘟哝："荆楚你太浑蛋了！"身体却不自觉地朝温热的地方靠近。

荆楚顺势搂住她，气息在她耳边吹息撩热："我可以当作是在表扬我吗？"

林隐蹊猛地睁开眼，羞恼地瞪着他："你无耻！"

"嗯。"荆楚好整以暇。

"流氓！"

"还有呢？"

"淫贼！"

"嗯……"荆楚笑颜如初地应着。

这反倒让林隐蹊害怕起来,她有些怅然地盯着他——哼!大不了就斗个你死我活了!她咬牙决定一斗到底:"你……哪有人被骂还这么开心的!"

荆楚捞回她,目光幽深:"大概你声音比较好听……"

酒酣胸胆,只是尚开张,接下来,又是一场风花雪月。

番外三

是日,荆楚在宫里批着奏折。

娴茨宫的公公急急来报:"禀皇上!娴茨宫失窃!"

"嗯。"荆楚淡淡地应着,头都未曾抬起。

不知过了多久,那公公又弓着腰进来:"皇上,这东进宫的宫女来说东进宫失窃了呀!"

荆楚依旧面无表情地点点头。

直到最后一次,那公公犹豫半天,还是忍不住:"皇上,涯际宫已经是今年第三次失窃了呀!"

荆楚还没说话,外面的侍卫忽然跑进来,呈上一封信函:"皇上,昨晚京和宫失窃,盗贼留下一张字条。"

公公急急地接过来,看了一眼,吞吞吐吐地说道:"皇上,你看这……"

荆楚终于抬起了头，示意他说下去。

"上面说，下一次就是国库了！"

荆楚又低下头，声音淡淡："嗯，记得把钥匙放在显眼点的地方……"

春色姣好，林隐蹊盗国库大计在心里蠢蠢欲动。不过，还不急！今天刚从东进宫偷了三颗珠子，感觉也没什么用。恰好宫女过来请她去书房，虽然不知道荆楚找她去书房干什么，不过反正闲着也是闲着。

荆楚见她来了，面色不改地继续看着手里的奏章。林隐蹊气结，难道就是来找自己看他批奏折的？

她叹了口气，不吵不闹地就趴在旁边，静静地看着荆楚一丝不苟的样子，真是……好看呢！

果然，不说话的荆楚简直颠倒众生。

林隐蹊看荆楚终于放下了手里的奏折，兴冲冲地爬过去眨眼："荆楚，你看完了吗？"

荆楚没应。

一炷香后，林隐蹊终于坐不住了，打了个滚又问："你看完了吗？

"荆楚！"

荆楚终于抬起头，淡淡应了声："嗯？"

林隐蹊像只炸毛的猫："你看奏折就看奏折！为什么一定要我

在这里！这么好的天气我就不能出去玩一下？"

"我不够你玩？"荆楚挑眉。

"你太无趣了。"林隐蹊摆手。

荆楚停下了手里的事，目光微敛："哦，是吗？那你说说，怎么算不无趣？"

"我不管！我要出去玩！"

"站住！"荆楚沉声叫住她，"过来……"

林隐蹊没了胆，怯怯地抗议："干吗……"

"不是想玩吗，过来我陪你玩？"

没来得及拒绝，她便被荆楚拉进了怀里——然后以这暧昧的姿势被荆楚圈在怀里，看着他批阅奏折。

林隐蹊找不到舒服的姿势，又坐不住了，便在荆楚身上扭来扭去。

"怎么跟猴一样？"荆楚按住她。

林隐蹊反驳道："你才是猴！"

好不容易安静了会儿，却又觉得口渴了，刚好桌上有一盘看起来垂涎欲滴的水蜜桃，林隐蹊看着荆楚："荆楚，你给我削桃吃……"

荆楚拿起水蜜桃看了一圈，若有所思地问："想吃桃？"

嗯嗯！林隐蹊满眼期待，却没想荆楚挑着眉说道："要是能从我手里拿回去，我就亲自削给你吃。"

"你！"林隐蹊跳起来，绕着荆楚身上翻来覆去想抢过桃子，好不容易捉住他的手，桃子却不在他手里了。

"你藏哪儿去了？"林隐蹊瞪他，"你用得着一个桃子都不给我吃吗？我是真的很渴啊！"

"原来皇后太过饥渴，"荆楚微敛着目光看着她，嘴角浮起一丝不怀好意的笑，"怪不得，动来动去，就是想跟我玩猴子偷桃的游戏？"

"猴……猴子偷桃？"林隐蹊蹙眉，忽然恍然大悟。跟着荆楚这么久，不该明白的也已经明白了。

她耳根渐红，语不成句……

荆楚气定神闲收了手里的折子，语气慵懒："嗯，那我就陪你好好玩玩……"